장미리

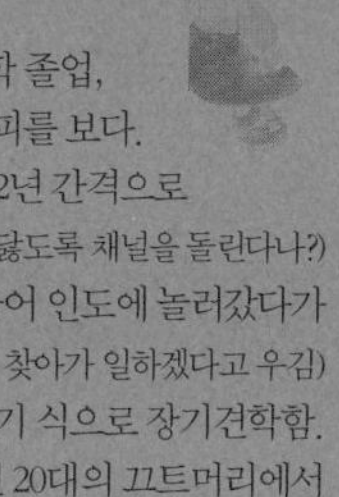

1972년생, 이화여대 간호대학 졸업,
일찍이 대학병원 외과병동에서 실컷 피를 보다.
한시도 가만히 있지 못하는 성격 탓에 1~2년 간격으로
직장을 옮겨다녔는데,(TV 볼 때도 리모콘이 닳도록 채널을 돌린다나?)
20대 중반에 갑자기 바람이 들어 인도에 놀러갔다가
캐나다계 국제학교에서 일하게 됨.(텅빈 양호실을 보고 교장을 찾아가 일하겠다고 우김)
덕분에 요가와 인도의 이모저모를 겉핥기 식으로 장기견학함.
배낭여행 등 두루두루 돌아다니던 20대의 끄트머리에서
오랜 방랑을 마무리하고 '숨쉬는 학교'에 입학,
호흡을 통해 내면으로 가는 여행을 시작하다.
최근 우연히 주위 사람들의 전생에 대한 X-파일을 입수,
혼자만 간직하기엔 너무 기막힌 내용들이어서
인터넷에 연재하기 시작했고, 결국 책까지 내게 되었다.

홍동표

1961년생, 속알머리는 없고 꽁지머리만 있어서
남들보다 두 배는 이마가 넓어보이는 사람.
그림 그리는 것이 좋아서 무작정 만화를 시작했다는데,
전생에도 고려 말에 작은 공방을 운영하였다고…
하늘의 파장과 공명을 이루는 완벽한 작품을 만들어
그것을 소유한 사람들이 편안해 하였다고 한다.
전생의 능력을 되살려 우주의 파장이 나오는
감동적인 만화를 그리겠다는 꿈을 품고 있다.

쥬디의
전생
이야기

쥬디의 전생 이야기

장미리 글 | 홍동표 그림

수선재

차례

프롤로그 미르, 지구에 태어나기까지⋯ 8

첫번째 이야기 우리도 모두 이렇게 태어났을까?

우리도 모두 이렇게 태어났을까? 20

아, 너무 평범한 전생~ | 남의 전생 엿보기

몸이 아픈 40대 노총각 27

조선시대 떠돌이 고물장수였다

무슨 자식을 바라는가? 34

수만 년을 칼을 갈다!

나는 전생을 어떻게 알게 되었나? 40

많은 별들은 한 곳으로 흘러간다

얄미운 막내아들 46

맨날 때리던 동네 형이 아들로 태어나

우리의 한숨맨 51

조선 초 밥벌이를 못하던 화가

인도 거지 이야기 57

길가의 거지를 모른 척 하여

두번째 이야기 인연보다 더한 천연

우리 부부, 다음 생에는 절대 남남으로~ 64

주인집 아씨를 잊지 못하던 머슴 68

　기왕 결혼한 거 그냥 살아주기

당신은 나의 천연 72

　사랑하는 마음, 흠모하는 마음 | 백제와 신라의 러브스토리 |
　동네 총각들의 흠모의 대상이었으며~

그리스의 토틀리우스 81

　그저 베풀고 사는 게 좋은 겨~

매트릭스와 윤회 85

　본체와 연결된 호흡의 끈

3생 만에 다시 만난 부부 90

　기나긴 옛사랑의 그림자?

수련의 단계가 올라가면 배필이 바뀌니 95

세번째 이야기 우연은 없다

독일말로 어떻게 연애를? 102

　맑은 영혼을 가진 고구려의 악사

수의사가 된 이유는… 107

우연은 없다

어찌 그리 평범하게 태어났단 말인가!!!!!!! 111

여왕폐하~ 납시옵니다~

잊을 수 없는 눈매의 아가씨~ 118

무공이 뛰어난 신라의 여인

전생이 동이족만 많은 이유 124

아! 전생에서 이어지는 금생

신라 말 해상무역을 하던 자매 130

업에 대한 새로운 인식 | 신기가 있는 나무를 벤 나무꾼

지구라는 별, 전생의 기억을 남기지 않는다 138

제사장 달구~ 142

낙랑국의 공주님

네번째 이야기 **그대 반짝이는 별을 보거든**

그대 반짝이는 별을 보거든 148

별똥별에서 온 영혼 151

사는 게 쉽지 않은 이유

수천 년간 잠만 자던 어린왕자 157

전생에 작은 별에 살아서일까?

제가 아직 어려서요… 161

영의 나이는?

특별한 전생이 없었다 165

운전도 초보, 인생도 초보

천상의 옷을 담당하는 선녀 170

먼 곳에의 그리움 | 우리 곁에 와 있는 토종 우주인들

사룬성의 전설 176

완벽한 선인의 외모

고난도 수련별 지구~ 186

전생, 정말 있나?

내 고향별은 어딜까? 192

에필로그 등장 인물들의 한마디~ 196

어느 날 먼 우주의 별에서
한 가닥 빛의 이동이 있었다.

반짝

이 빛의 움직임은 고 별을 다스리는
선인의 생각이 변하였음을 나타낸다

어느새 메릴린스를
떠날 때가 되었나…
내 마음의 파장이
별 전체의 기류를
변화시키고 있구나…

타오은하의 한 별,
메릴린스 성주인 미르메트는
요즘 한가지 고민에 빠져 있다.

휴~

갈까?
...
말까~
이번에는
어디로 갈까?
오락~
가락~

!
그래, 결심했어!
라르 스승님께
말씀드리자!
딱

>>> 아스(earth) | 그 별의 사람들은 지구라고 부른다.

그 유명한 아스를 모르는 사람도 있어요? 그 대신 잘만 하면 초고속 승급이 가능하잖아요.
승급에 눈이 멀어서…
-.-;

그보다…

우주의 온갖 파장이 어우러져 있다는 아스에서, 자신을 한번 시험해 보고 싶습니다!

하긴… 선인들에게 그런 욕구는 당연한 거지만…
아스엔 윤회라는 고약한 법칙이 있어서…

나 너무 멋있는 거 같아…
이 미르메트, 반드시 승급해서 다시 돌아올 것입니다.

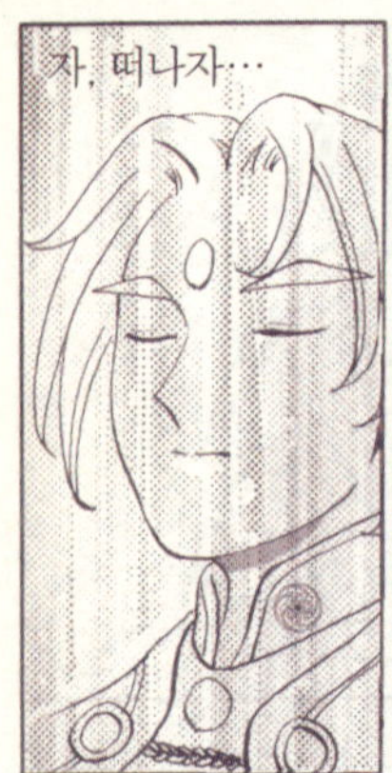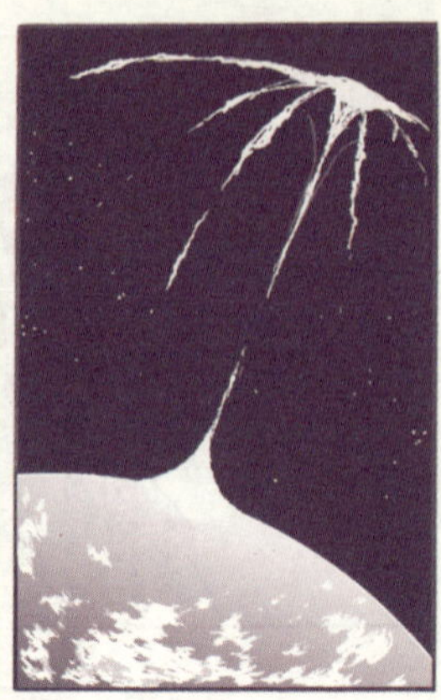
자, 떠나자…

두둥~

나의 별
메릴린스!

키잉~
선인이 되고
처음 받은
별이었지…

아스!
두렵지 않아!
난 할 수 있어!
금방
돌아올게~

미르,
이제 가보아라!
무심치 않을
것이다.

아스…
우주 최고의
고난도 수련별
마린성단. 인류은하게,
아룬의은하, 태양계 제4성

선인의 의무인 우주의 진화에 동참하기 위하여…

모든 기억을 지우고,
보통 인간의 몸으로 태어나
한 생을 살아가야 한다.
자신이 온 곳을 다시 찾을 때까지…

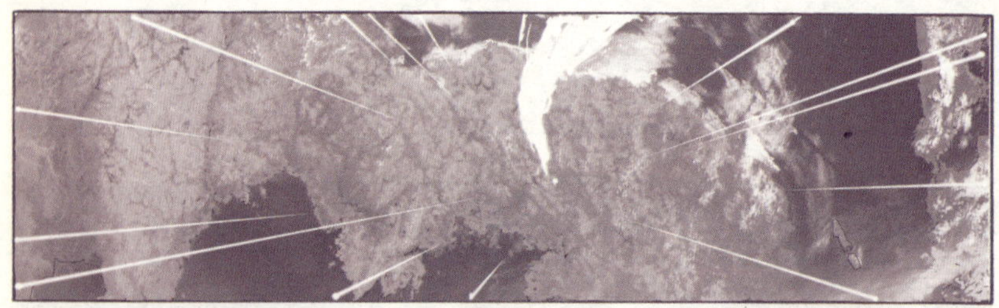

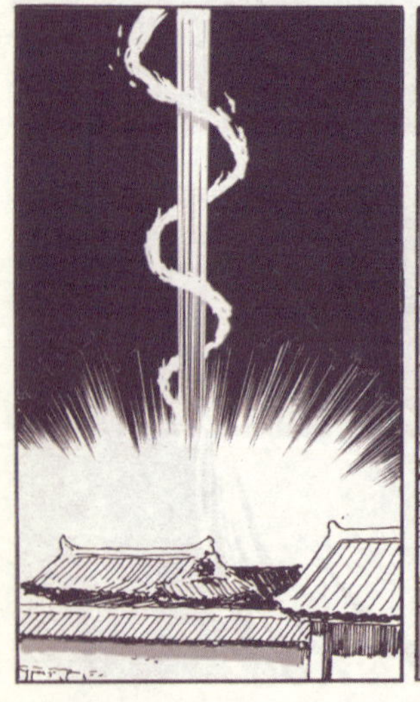

응애~

조선 중엽, 충청도, 어느 산간마을

이진사 댁에 손자가 태어났다.

이름은 지함이라 지었다.

●●● 토정 이지함   전생은 메릴린스의 성주인 미르메트. 모험심이 강하여 파랄은하계 다루성, 보기성 등 다양한 별에서 수련을 한 경력이 있으며, 지구에서의 한 생(1517~1578)을 성공적으로 마치고 선계로 복귀하여 상당히 등급이 향상되었다. (출처_ 소설 선(仙))

우리도 모두 이렇게 태어났을까?

우리는 도대체 어떻게 태어났을까?
살아가는 모습도 각각이듯, 전생도 각각인 사람들…

우리도 모두
이렇게 태어났을까?

1400년 전의 백제 공주가

2003년 서울에 등장?

그러한 설정만 가지고도 화제가 되었던

드라마,

千年之愛~

(넘 재미있었는데… 끝나버렸어요~ ㅠㅠ)

있을 수 없는 일만은 아닐 것이다.

메릴린스에서 온
미르메트가 조선 중기에
나타났듯이,
　　　신라여왕이
원피스 차림으로 명동을
활보할 수도 있는 것이다.
그걸 아무도 알 순 없겠지만. -.-;

그러나…
우연한 기회에 (… 우연이라면 우연이지…)
　　내 주위 사람들의 전생을
　　　　　　싹~다 알게 되었다면?
…ㅎㅎ

(네… 바로 제 얘깁니다…
그래서 대나무 숲으로 가야 되나…~ 고민고민~ 하다가
이렇게 여기서 썰을 풀기로 했음다… -.-)
…
…

근데 사실 좀 걱정도 된다.

왜냐하면….
내가 지금부터 얘기하려는 사람들이 연예인들도 아니고,
정치인도 아니며,
하다못해 신문 한 구석에라도 인물포커스~ 될 만한 사람들이
전~혀 아니기 때문에…

아… 너~무 너~무 평범하기만 한
　　　　　　　　나의 주위환경… -,-;

다들 그냥 회사 다니고 가정주부에 대학생, 작은 사업을
하시는 분… 등등
흔히 볼 수 있는 보통 사람들…

누가 알고 싶댔어? 하면 어떡하나… 해서.
^^;

　　　게다가 전생도 마찬가지…
다들 {전생}이라~ 하면 뭔가
눈빛부터 게슴츠레해지면서
　　　　음… 난 혹쉬~~~

전생에 어느 나라의
　　　공주나 여왕… 쯤이 아닐지… (왕족 증후군)
밤하늘의 별을 보면 그냥… 내가 온 별은 어딜까…
한다든지~ (눈 반짝반짝 하며…, 우주인 증후군)

살다가 일이 잘 안 풀리면 괜시리 전생 탓을 하기도… ^^
　　"내가 전생에
　　　　　무슨 잘못을 했기에~" (업 증후군)
천년지애 같은 드라마라도 보면
"아… 나에게도 저런 이루지 못한 애절한 사연이~
있을 거야…" (못 이룬 사랑 증후군)
이렇게 독특한 자신만의 전생을 기대하는데…
그런데 말이다….

**남의 전생
엿보기**　　　　도대체 옛날엔 다 왕족들밖에
　　　　　　　없었을까?

말도 안 되지~
조선 후기에 외국인이 찍은 거리풍경
사진 보면
　가난한 백성들만 많던데…
나의 전생이… 그럴 가능성이
　더 많지는 않을까? ^^
　　　(확률적으로~)

그래서~

막상 전생을 알고 나면 약간은 허탈함을 느낄 수도 있다.

말 그대로 꿈 깨는 상황이기 쉬운 거다.

조선시대 농부는

왜 그리 많은지…

신라시대 나무꾼도 그렇고…^^;

하고많은 목수, 대장장이, 여염집 규수…

들 중에

간혹가다 정말 있다~

왕, 여왕, 공주~ ^^

…

그런데~

그런 사람일수록 이상하게도

금생은 더욱 평범하기 짝이 없다.

물론 전생이라는 색안경을 끼고 보면 조금씩

티가 나기도 하지만… ^^

어쩐지~ 짠돌이더라~
(고리대금업자) ^^

또 놀랍게도 몇몇 분들은 전생이 없기도 하고,
진짜 별에서 막바로 오기도 했다.
그들은 바로
      우주인(   )이었던 것이다.
         ~@.@~

어쨌거나 전생을 알게 된다는 건
비할 수 없이 짜릿한 경험이었다~
          남의 전생을 엿보는 건 더더욱~ ^^;
그 어디쯤에선가 또한 지극히 평범할(그럼으로 인하여 가장
있을법한~)
      자신의 전생도
            만날 수 있으리라…

26

몸이 아픈
40대 노총각

오늘 아침 출근길…

얼~마나 덥던지…

후우…~

이맘때면 훌쩍 북유럽이나 지구 반대편으로 날아갔다가

9월쯤에 돌아왔으면 좋겠다는 생각…(불끈불끈~)

더위를 유난히 못 참는 나는

   혹시 에스키모

      출신이 아닌가 했는데…

^^ 아니었다… (전혀~ 무관했다. -.-;)

금생을 보면 전생이 대강 짐작이 된다?

(과연 그럴까? 정답 : 네~)

음…

이런 분이 있다.

나이는 40대 초반, 직장은 일정치 않다.

(수시로 {전백련}*에 가입·탈퇴를 반복한다.) *전국백수연합

결혼은 아직 꿈도 못 꾸는데다~

몸이 안 좋아서 똑바로

눕지도 못하는 형편이었다

늘 힘들어서 찡그린 얼굴에…

터 벅 터 벅

터 벅 터 벅 …

무거운 발걸음,

일요일이면 죽어도 잠을 자야

다음 주를 버텼다.

유일한 여가활동은
　　　{누워서 숨쉬기…}
그의 삶이 개선될 여지는 좀처럼
보이지 않았다.
그러던 어느 날, 그는 결심했다.

　　"이렇게 살 순 없어.
　　　　참된 나를 찾을 거야~"

　　　…

　　"제 몸은 종합병원이에요"
　　처음 자신을 찾는
　　　　{수련}을 하러 왔을 때,
그는 그렇게 말했다. 돌아버릴 것만 같다고 했다.
금생을 다람쥐 쳇바퀴 돌듯 병치레만 하다 갈까봐
두렵다고…
답답한 세상, 도대체 왜 이런지

　　　알 . 고 . 싶 . 다 . 고 .　했 . 다 .

전생은 조선시대의 고물장수였다.

당시 많은 사람들을 만났고, 어느 정도의 깨달음을

얻었다.

현재는 전생의 깨달음에까지 다가갈 수 없는 상태이다.

잡념이 많다.

이 잡념을 거두어야 수련이 될 것이다.

수련 중 떠오르는 잡념을 계속 따라갈 것.

잡념의 끝에서 자신을 찾을 수 있을 것이다.

본격적인 수련은 이때부터 시작이다.

결혼인연은 멀지 않다.

천생연분은 자신을 공부시키는 사람이라는 생각을 할 것.

수련을 하여 마음이 편해지면 몸도 나아질 것이다.

**조선시대 떠돌이
고물장수였다**　　알고보니 그의 전생은 고물상~

이곳저곳을 떠돌며 살았단다.

그러면서 자신의 몸을 너무 돌보지 않은

것이 업이 되어

금생에 그렇게 부실한 몸으로

태어났단다.

앗!

남의 몸을 해한 것이 아니라

자기자신을 학대한 것도

큰 업이 되는구나~

이분이 얼마 전 기록을 하나 세우셨는데

바로 새벽 5시에 하는 수련을 하루도 빠지지 않고 1년을

해낸 것이다.

졸지 않기 위해, 위장 나쁘기로 둘째가라면 서러운 그가

새벽마다 커피를 대접으로 마시는 등 피나는 노력을 해 온
결과였다.

자신의 의지를
　　시험했다고나 할까….
100일이 몇 번 지난 지금,
그는 커피를 마시지 않아도
새벽반에서 유일하게 졸지 않는
사람이 되었다.
　　(실은 다들 앉아서 졸거든…
　　　꾸벅꾸벅 -.-;)

게다가,
갈수록 포동포동해지는 얼굴~
빙그레~한 웃음.
한가~한 몸놀림.
김새는 듯한 웃음과 함께 내뱉는 말에선
(황당하다못해) 모종의 진리가 느껴진다.
앗, 그러고 보니, 전생의 모습에 딱 매칭이 되지 않는가? ^^
조선시대 고물상… 얼마나 한가했을까?

먹고살기는 좀 힘들었겠지만… ^^

고물이 별로 없어서… (고장난 테레비, 시계… 등등)

어쨌거나,

모든 것은 이유가 있다!

이런 걸 두고 {인과응보}라고 하나?

무슨 자식을 바라는가?

아이가 안 생기는 부부는
왜 그런 걸까?

(통계에 의하면 결혼한 부부 5쌍 중 1쌍이 불임이라니…
놀랍다.)

뉴요커들의 사랑과 우정을 그린
시트콤 '프렌즈'에도 보면,

모니카 부부가 아기가 안 생겨서
별별 노력을 다 하는 장면이 나온다.
정작 오빠인 로스는 미혼인데 자꾸만 아이가 생겨나고…^^

인간의 마음대로 안 되는 게 아이 문제인가 보다.

이런 경우 꽤 오랜 동안을 스트레스 속에서

이 검사, 저 검사를 받으며 고생을 하게 된다.

어렵사리 아이를 낳아도 제대로 된 아이가 아니기 쉽고…

이건, 아들 낳으려고 무리해서 계속 낳고 또 낳고 하는

경우도 마찬가지다.

팔자에 없는 자식을 낳으려면

스케줄에 없던 영혼을

배정 받아야 하므로 그렇단다.

무엇이건 자연스러워야 하는 것…

{자연스러움}이 최선이다~

쥬디가 아는 분 중에도 자녀가 없어서 고민하던 분이
있었으니…
우리 사무실의 유일한 유부녀~
20대 중반 아가씨로 보이는 외모와 달리
어언 결혼 8년째에 들어서는 중견 아줌마라는데… ^^
(이 사실을 알고 가슴이 막혀서 수련을 중단한 남자 도반이
있었다는 흉흉~한 소문도 있다… 사실 여부는 확인 요망)
아직 자녀가 없어서 걱정이
이만저만이 아니었다고…
그럴 만도 하지… 그져~
그런데 전생을 알고 보니…

금생에 태어나면서
자식은 없어도 되는 것으로 생각하고 왔으면서
무슨 자식을 바라는가?
따라서 본래 자식 운이 약하다.
자녀가 있어도 병약한 자녀가 있거나, 없는 운명에
가까이 가 있다.
자녀를 바라지 말고

인생에서 자식보다 더 중요한 것을 찾아보며
살아가도록 할 것.
분발할 일은 다른 곳에 있다.
선계 아주 가까이에서 선계를 바라보며 수만 년을
보냈으니
금생에는 무슨 일이 있어도 선계에 입적할 수 있어야 할
것이다.

**수만 년을
칼을 갈다!**   이런 사연이~

                사실 처음엔 자녀문제로

고민도 많이 했다고…
그런데 자녀를 포기하면서까지
태어날 만큼 수련에의
집념이 강했다는 것~
와~
수만 년을 칼을 갈다!
ㅠ.ㅠ (왠지 멋있어~)

드디어 태어났으니
　　　원 없이 한번 수련해 보자구요~
전생을 알게 된 이후 요즘은 자녀에 대한 미련을 버리고
남편을 설득해서 자~알 살고 있단다.

　　　우리끼리
　　　　재밌게 살자~ 하면서…

통명   신선녀

별명   원래는 [본드걸]이었는데, 요즘 [엑스걸]로…
      (엑스맨 2에 나오는 여자 스트라이커…
      이름이 뭐더라? 닮았거든요…)

직업   주부

삶의 철학   나! 신선녀! 한다면 한다!
      무슨 일이 있더라도 꼭 선계에 간다.
      얼마나 기다려 온 기회인데…

장점   공부를 위해서라면 무슨 일이든 한다는 마음 자세
      수련이면 수련, 밥이면 밥, 모델이면 모델 등등
      (종목도 가지가지)

단점   미모(?)

갖고 싶은 것   빵빵한 단전 ^^

나는 전생을
어떻게 알게 되었나?

그렇다.

쥬디는 전생을 어떻게 알게 되었을까? (궁금하시죠? ^^)
첫 글에서 {우연히…} 라고 했지만
　　　아무에게나 우연이 오는 건 아니지~
전생을 알기란 쉬운 일이 아니거든~
(그렇게 쉬운 일이라면 왜 대부분 모르고 있겠어…)

이 책에 나오는 주인공들은 한 명만 빼놓고는 모두

지금 사회에서 살아 숨쉬며
　　　활발히 활동하고 있는 현대인들이다.
(토정 이지함은 조선 중기의 인물이므로. ^^)
남녀노소직업 등은 너무 다양하지만 한가지 공통점을
가지고 있다.

바로…
{자신을 찾는 수련}을 하고 있다는 것!
심심풀이로 '한번 전생이나
알아볼까?' 하는 게 아니라
　　　정 말 정 말
　　본래의 자신을 찾으려
　　　　{발버둥}을 하고 있다.

그 과정에서 {나는 누구인가}에 대해
특별히 많은 고민을 했으며,
결과를 솔직하게 글로 써서 모두에게 공개했으며,
그간의 {정성}을 인정받아(이 부분이 중요!!!)
자신의 전생에 대한 정보
　　　　{天書}를 접하게 되었다는 것이다.

전생이란…
　자신을 구성하는 전부는
　아니지만
　　적어도 자신을
　　찾아가는 실마리…가
　　되니까…

　　어디서 온 줄도 모르면서,
　자신이 누구인지, 어디로 가고 있는지
　　　어떻게 알 수 있겠는가?

이밖에도,
도대체 몇 번이나 윤회를 한 영혼인지
결혼인연은 언제쯤 있는지, 가족들과는 어떤 인연인지,
현재 겪고 있는 어려움의 원인을 찾아볼 수도 있고
앞으로 나아갈 진로를 결정하는 데 도움이 되는 내용도
있다.

**많은 별들은 한
곳으로 흘러간다**

이렇듯… {天書} 안에는
모든 것이 들어 있다.

한 영혼이 태어나 수많은 생을 되풀이해 온 사연들이
마치 나무의 나이테와도 같이 흔적으로 남아 있다.

그리하여…

인간을 소우주라 하듯,

{한 인간의 역사}라는 거울에는

{우주의 역사}가 반영되어 있다.

그런 가운데 모두에게 공통적으로
적용되는,
중심을 꿰뚫는 한 가지 주제가
있다면

우리 모두가

{진화}를 향한 길 위에

서 있다는 것이다.

'별들이 한 곳으로 흘러갔다'
내가 좋아하는 책 제목이다.
      모든 사람은 각자 별이다.
그리고 실제로 모든 별들은
            한 곳으로 흘러가고 있다.

   느껴지지 않는가?
         {그곳}으로부터의 강한 끌림이…
우리가 온 곳, 그리고 궁극적으로 돌아갈 곳…
그리하여, 모든 예술과 학문, 인간 활동의 모든 장르는
이곳을 지향한다.
%&.%$%*@

그러니까,
여기 나오는 사람들은 모두 나와 함께 수련을 하고 있는
{도반}들이라는 거다.

그나저나,
이렇게 졸린 눈으로 주저리대는 나는 누군가?

44

블로깅 필명 쥬디쥬디(judyjudy)~

하는 일 선계 수련생

성격 내우외명
(내적으론 우울하나 외적으론 명랑~)

가고 싶은 곳 선계 ^^

감명 깊게 읽은 책 소설 선(仙), 선계에 가고 싶다

좋아하는 것 대주천수련, 선화수련 (정말? ^^)

장래희망 모든 것을 알고 싶고, 너른 우주를 제한 없이
다니고 싶다~

사는 곳 마린성단, 아류 은하계, 아루이 은하, 태양계
제4성인 수련별 아스

특이점 고도의 영격 승급코스인 선계수련코스를 밟고
있으며, 나의 영격의 황금기인 금생을 맞아
목숨 걸고 수련해야 하는 처지 ^^

전생 비밀 ^^;

얄미운 막내아들

이번엔 틈만 나면 자기 아들을 쥐어박고(?) 싶었다는 어떤
분의 이야기~
이분에게는 두 아들이 있다.
이제 3살, 5살 된…
큰아이를 낳았을 때는 더없이 예쁘고 안아주고 싶고…
사랑스럽기 그지없었는데…
둘째를 낳아놓고 보니,
안아주기는커녕
왠지 얄미롭~고 한 대 쥐어박고만 싶더란다.

그러다 보니 어린애들은 눈치가 빨라,
아이가 아빠만 보면
울고 도망가더라고… (맞을까봐… -.-;)

그렇다고 이분이 무슨 아동학대 하는 분은 절대 아니다.
(-.-; 몰매 맞을 일이 늘어나는군… 분당에서 건실한
벤처기업을 운영하는 젊은 사장님이시며, 더없이 선량하게
생기셨다.) ^^ 점수만회~
하여간에 악순환으로, 아빠는 아이를, 아이는 아빠를
슬~슬 피하게 되었던 거였다.
하긴 이분도 이상하기만 했지…

내 자식인데
        왜 이리 얄미로운 걸까?…
그런데… 이분이 드디어 전생을 알고 나니…
흠~

진실한 사람으로서 전생에 상업을 하였으며,

착하게 살아 금생에 수련인연이 되었다.

둘째 아이에 대해서는 아빠의 마음을 먼저 풀 것.

싫어하는 감정을 느낌으로 그렇게 된 것이다.

아빠의 잠재의식이 영향을 미치는 것이니

아빠의 마음이 가라앉으면서 풀릴 것이다.

아이가 예민하여 부모의 파장을 깊이 인식하고 있다.

천성이 착한 아이이니 상처를 받지 않도록 할 것.

전생에 이 아이가 부친보다 4~5세 위였으며,

동네에서 별로 절친하지 않던 사이였다.

당시 가지고 있던 감정이 일부 잠재의식 속에 살아 있는

것이다.

싫어할 필요 없다.

수련생은 어떠한 인연도 선하게 풀어 가는 것이

가장 우선되는 도리이다.

**맨 날 때 리 던 동 네 형 이
아 들 로 태 어 나**

둘째 아들은 전생에 한 동네에

살던 아는 형이었다는…
나이도 위인데다 힘도 더 세고
해서, 걸핏하면 맞았다고 한다.

전생에 맞았던 기억이
　　　잠재되어 있어서

보기만 하면 괜히 얄밉고
쥐어박고 싶고…
(당연하지~ 얼마나 얄미웠겠어~… 힘이 없으니 같이 때릴
수도 없고… ^^)
이유를 알고 나니 이해가 되더라고… ㅋㅋㅋ
근데 참 얄궂다.

하필이면 아들로 태어날 게 뭐람~

그럼 이 아이가 아직도 맨날 쥐어박힘을 당하며 사느냐~
그건 아니고.
전생을 알게 된 후 어느 날인가 왠지 속이 시원~해지면서
아들에 대한 얄미운(?) 감정이 눈 녹듯 사라졌다는데….
　　업이 풀렸나?
　　　　그동안 맞을 만큼 맞은 건가?

　　　　　　　　　　　　(전생에 때린 만큼 ^^)

이렇듯!
가족이 전생에 꼭 좋은 인연이었던 것만은
아니라고 한다.
오히려 풀어야 할 것 있는 사람들끼리 만난 경우가 더
많다고.
그러니, 그저 베풀고 사는 게 좋은 겨~
빨리빨리 업 해소하고, 즐겁게 살아야지~

　　다음 생에 또 만나면
　　　　　　어떡하려구?

50

우리의 한숨맨

또 우리 사무실의 한 분을 소개하면~

이분은…

정~말 특이하다. ^^

길에서 만나면 잊어버리지 못할 정도…

음…

우선 옷에 전~혀 신경을 안 쓴다.

한 계절에 한 가지 옷으로 내내 버티며,

발가락이 모두 나올 정도로 큰 구멍이 난 양말도 아랑곳

않고 신고 다닌다.(차라리 맨발로 다니면… 0.0;)

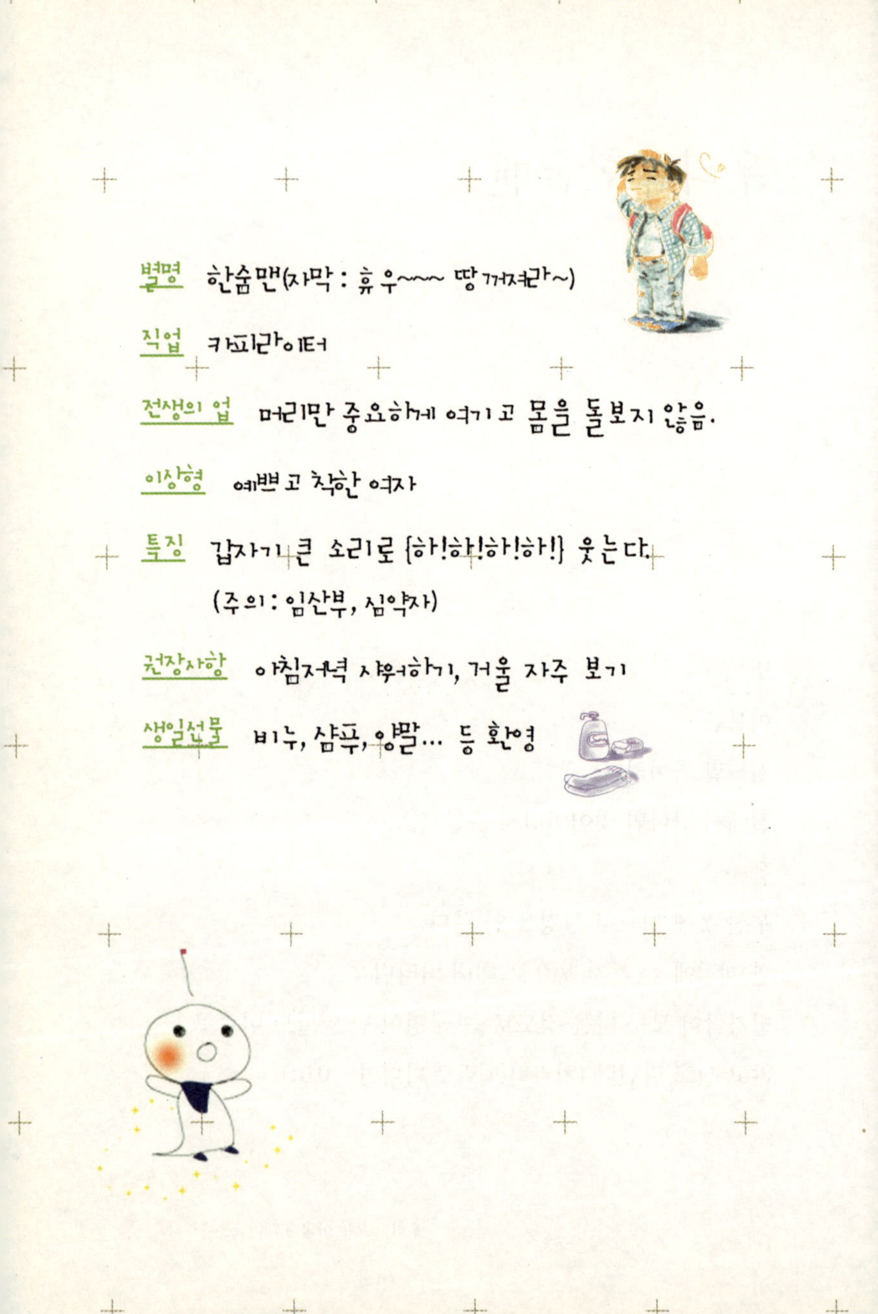

별명 한숨맨(자막 : 휴우~~~ 땅 꺼져라~)

직업 카피라이터

전생의 업 머리만 중요하게 여기고 몸을 돌보지 않음.

이상형 예쁘고 착한 여자

특징 갑자기 큰 소리로 (하!하!하!하!) 웃는다.
        (주의 : 임산부, 심약자)

권장사항 아침저녁 샤워하기, 거울 자주 보기

생일선물 비누, 샴푸, 양말… 등 환영

게다가 젊은 사람이 한숨은…
이따금 내뿜는 휴~~~ 한숨에
　　　　　주변의 땅 다 꺼진다. ^^

하지만 모두 인정하는 사실 한가지…
이분은 {천재~}다.
설명 필요 없고, 만나 보면 알게 된다.
온몸으로~ 뿜어낸다.
　　　{난… 천재야~~~
　　　　하하하하하하하하하하~~~~~}

조선 초 밥벌이를
못하던 화가

전생에 조선 초 화가로
태어났으나
화가가 적성이 맞지 않아
그림을 업으로 하였으면서도 밥벌이가 되지는 않았다.

심리적 방황을 많이 하였으며,
따라서 주변 사람들에게 빚이 많으니
돈을 버는 대로 주변 사람들을 통하여 사용하면 좋을
것이다.
당시 빚을 받을 사람들이 다행히 금생에 주변에 있으니
해업은 쉬울 것이다.
수련에 들지 않았으면 평생을 고통 속에서
자신을 가두고 살았을 것이다.
마음은 상상의 나래를 펴고 한없이 날고 싶은데
국민윤리를 전공하면서 마음을 얽어매고 있으니
병이 안 날 수 없다.
지금이라도 전공을 바꾸어 3D를 하면
마음껏 날개를 펼 수 있을 것이다.

ㅎㅎㅎ
이럴 수가~

영화 {취화선}에서 최민식이
웃통 벗고 술 마시던 모습도

떠오르고…. ^^
전생을 알게 된 후 다들 이분에게 몰려와서
　　　밥을 사달라 했다는데…
특히 조선초기가
　　　전생인 사람들이 아우성이란다.

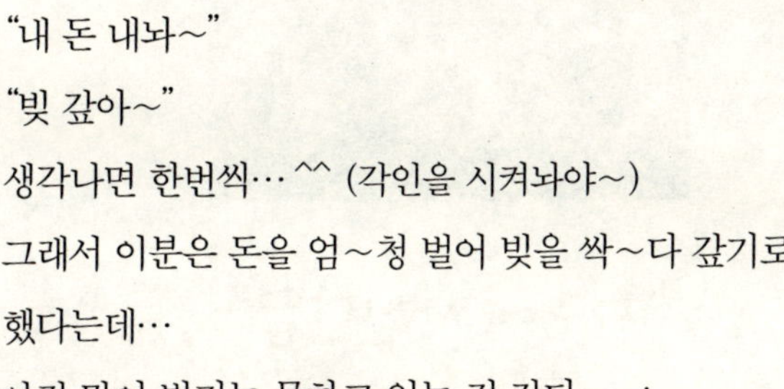

"내 돈 내놔~"
"빚 갚아~"
생각나면 한번씩… ^^ (각인을 시켜놔야~)
그래서 이분은 돈을 엄~청 벌어 빚을 싹~다 갚기로
했다는데…
아직 많이 벌지는 못하고 있는 것 같다. -.-;

천재 카피라이터의 작품 한번 보실래요?
^^

제 고향인 헤로도토스 성에는
훨씬 더 좋은 수련단체가 많습니다.
그러나 태양계 제 4성인 지구에 사신다면,
단연 수선재를 추천합니다.

높은 영성과 도덕성을 동시에 갖춘 지구에서
가장 고급수련기관입니다.

click here!

인도 거지 이야기

점점 무지막지하게 날씨가 더워진다.(주르르~ 땀)

특히 조립식 건물인 우리 사무실은 더욱~

아…

너무 더우니 인도에 갔을 때 생각이 절로 난다.

그때 정~말 더웠지.

내 평생 그리 더웠던 날들…(그래도 또 가고 싶은 건…^^;)

(참고 : 쥬디는 인도에서 1년 반 동안 살았었음)

그 더운 나라에 젤 많은 건 : 바로 {거지}였다.

지나가면 다리를 끌어당기며 외쳐낸다.

"마~"

(마 : 인도말로 {엄마}란 뜻이라던가?)

(갸우뚱 : 왜 동서양을 막론하고 {엄마}란 발음은 비슷한
걸까?)

처음엔 물론 나도 맘이 약해서 적선을 하곤 했지만…
차차 마음을 냉정하게 가지려고 노력하게 되었다. -.-;
　　　일단 돈을 꺼내는 듯 싶으면 일대의 거지들이
　　　다 모여든다.
　　　　　다리를 잡고 안 놔준다. -.-;
　　　얼마나 무서웠는지… (그땐 그랬다.)
　　　　으~

근데, 이 분의 전생을 알고 나니
갑자기 그때 매몰차게 길을 걸어다녔던 일들이 마음에 콱
걸려버리는 거다.
어떤 분이냐 하면…
얼굴만 보아도 인격이 뚝~뚝 묻어나는 분이다.
연세가 좀 되셨는데, 외아들이 하나 있다.

바로 이 아들이…(금지옥엽!)

40이 넘어서도 독립을 안 하고 있는 중.
늙은 아들 걱정에 수심이 걷힐 날이 없다고….

그렇담 전생에 아들하고 무슨
관계였을까…?

(빚이라도 떼었나?)

전생에 고대 중국에서 살았다.
큰 부자는 아니었으나 그런 대로 넉넉한
살림살이였으나
도움을 청하는 거지(금생의 아들)를 길가에서 그냥
지나친 인연이 있었다.
자녀의 뒷바라지는 본인의 업이며, 자녀와 전생에 풀지
못한 인연이 있다.
금생에 갚음으로서 해업이 될 것이다.
선한 일을 많이 하여 수련과 인연이 되었다.

전전생에 생명기를 마치고 영계로 귀천한 영체들을
분류하고
이들의 아픔을 다독여주는 역할을 하였다.
여생을 수련으로만 마무리하도록 하라.
골프는 수련에 무리가 가지 않는 한도 내에서 하는 것이
좋다.

**길가의 거지를
모른 척 하여**

뭐 그렇게 큰 인연도 아니네…
근데 평생 먹여 살려야
하다니.

억울한 거… 아닌가?(너무 가혹한
거 같아…)
그 거지를 때린 것도 아니고,
욕한 것도 아니고,
그냥 지나친 건데… ???

하긴…

지나가는 나그네에게 물 한 바가지

대접한 연으로

왕비가 된 인연도 있는 것을…

^^(이성계 이야기였던가? 왕건

이야기였던가?)

…그렇담,

윽~

내가 인도에서 뿌리친 수많은

거지들….

(가 본 분들은 아시죠? 길거리의 갈대처럼 많은 그들…)

다시 태어나면 수많은 아들딸을 낳겠구나… (그것도 늙도록

먹여 살려야 하는!)

절대 다시 태어나지 말아야지~ (=금생에 공부를

마무리해야지~ ^^)

열심히 하자! (아자!아자!)

인연보다 더한 천연

인연… 인연보다 더한 운명

그것은 바로 천연? 전생에 무슨 사이였기에…

우리 부부,
다음 생에는 절대 남남으로~

그럼 부부는 전생에
얼마나 {웬~수}였기에
만나지는 것일까?

언젠가 '다음 생에도 현재의 배우자와 다시 맺어지고
싶은가?' 라는 설문조사를 했는데
{절대 싫다!} 반, {싫다…} 반 이렇게 나왔다던가?

그러면서 왜 사는 걸까? ^^ (정 때문에…?)

왜 그렇게들 악착같이 하루에도 수천 쌍씩 결혼을 하는

걸까…?

뻔한 결론(다시는 이 사람과~)이

이미 나와 있는데…

눈에 시한부 콩깍지가

씌어가지고…

　　　(사랑하는 마음이

　　지속되는 것은

　　　　길~어야 2년 6개월이라는 연구결과가 있다. ^^)

이건 분명 그 두 사람이 꼭 결혼을 해서 함께 겪어야 하는

모종의 {공부}가 있는 게야~

(전생 마인드로 생각을 해 보면… ^^)

알고 보니,

내가 아는 지구인 부부들도 다들

전생(화성과 금성에서의?)으로부터의 사연을 가지고 있었던

것이었다.

　　　{그래서 부부가 되었구나~}

그런데 참~ 신기한 것이…
이렇게 복잡한 프로그램이 어떻게 오차 없이
돌아가는 거지?
그러니까 음…
누구랑 사이가 나쁘니까 다음 생에 아들로 낙점하고
누구는 누구랑 쌓인 게 많으니 부부가 되고
누구는 이리로,
누구는 저리로,
이리저리 교통정리~…
안 되면 다음 생에 또 비슷한 인연을 가진 사람 옆에
태어나고
또 이러쿵저러쿵…

그게 몇 생을 되풀이하다 보면 엄~청 복잡하게 꼬일텐데…

정말 놀랍군~
　　　이 세상의 풀잎 하나
　　억울한 사연이 없다는 것이.

다~ 한 대로 받는다.
ㅎㅎㅎ~

그래서 몇몇 부부의 결혼에 얽힌 전생을 좀 알아보면…
"못살아~ 못살아~"
하면서도 매일 잘 살고 있는 =.=
　　　그들은 도대체
　　　　　　어떤 관계였기에…?

주인집 아씨를
잊지 못하던 머슴

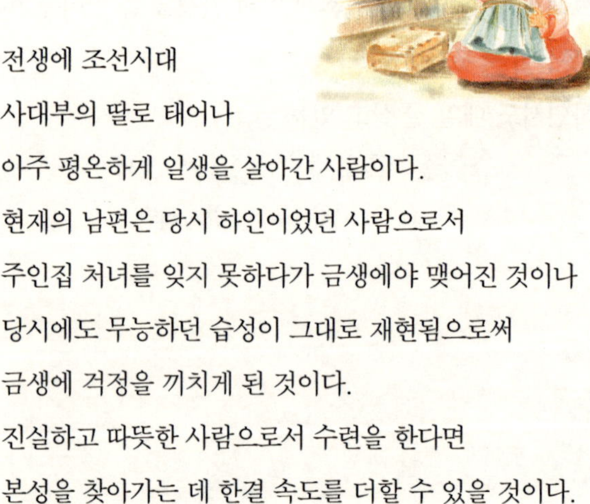

전생에 조선시대
사대부의 딸로 태어나
아주 평온하게 일생을 살아간 사람이다.
현재의 남편은 당시 하인이었던 사람으로서
주인집 처녀를 잊지 못하다가 금생에야 맺어진 것이나
당시에도 무능하던 습성이 그대로 재현됨으로써
금생에 걱정을 끼치게 된 것이다.
진실하고 따뜻한 사람으로서 수련을 한다면
본성을 찾아가는 데 한결 속도를 더할 수 있을 것이다.

^^

이론이론~~~

　　　얼마나 주인집 아씨를 사모했으면…

(글도 몰랐을 테니 러브레터도 못 쓰고… 속으로만 끙끙 앓다

죽었겠군…)

문득 드는 생각…

　　　세상 참~ 많이 좋아졌다~

아직도 많은 드라마에서 빈부, 신분의 차이로 결혼을 하네

마네~

내내 우려먹는 주제이지만…

그래도 과거에 비하면 많이 개선된 거지~

어쨌거나 {불가능}한 건 아니잖아.

신분의 차이가 서릿발 같았던 조선시대에

하늘같은 주인집 아씨를 사랑한 머슴의 입장을 생각해봐…

ㅠ.ㅠ (아! 다모…)

아, 그러나 극복할 수 없었던 신분의 벽~

근데 간절히 원하면
        언젠간 이루어지긴 하나보다.
이렇게 결국 부부가 된 걸 보면…

{그러나…}

**기왕 결혼한 거
그냥 살아주기**   금생에 다시 만나 결혼에 골인은
            했으나…
신분의 차만 있었던 게 아니라
        정서적인 차이가 더 컸던 듯… ㅠ.ㅠ
(약간의 암시가 있다. 걱정을 끼친다구?)
그러나 수련으로 점점 관계가 호전되고 있다고…
음…
수련은 업을 해소시키는 과정이기도 하기 때문에…

전 같으면 '그래 헤어지자!' 할 상황이어도
    '굳이 그렇게 꼭! 헤어질 필요 있나?'
하게 된다는 것.

　　　이왕 결혼한 거~
　　　　　그냥 {살아주는~} 것.
참으로 여유로운 모습이 아닐는지…
평생 뜨거운 사랑으로만(윽~) 가는 것만이
결혼의 정도(正道)는 아닐 것이다.
그냥 덤덤하게 함께 가는 인생… (수련 많이 됐네~^^)

당신은 나의 천연

이번에는 어느 부부 수련생의 전생~

부부가 되었을 뿐 아니라 함께 수련을 하게 될 정도면

대단한 인연일 듯 한데…

{인연}이란…?

　　　　인연과 천연이 있다는데…

가족은 인연에 의해 만난다.

부부, 부모자식, 형제…

금생의 6~70평생을 함께 하도록 주어진 소중한 인연이다.

그리고…
함께 수련을 하는 인연을
　　{천연(天緣)}이라 한다.
하늘의 인연…
금생뿐 아니라 영원을 함께 할
인연들이다.

{인연}만 해도 대단한데
　　{천연}씩으로나 만난
　　　　부부 수련생의 경우는
　　　전생에 어떤 사연이었을까?

남편은 고려 중엽 충남과 전남북 지역을 오가는
대상(大商)이었다.
휘하에 수십 명의 일꾼을 두고 각 지역에 거점을
확보하여
각종 물건을 중개하는 거간꾼으로서 엄청난 부를
축적하였다.
모든 일에 중용을 지켜

누구로부터도 비난을 들을 소지가 없었으며,
이러한 행실이 많은 사람들의 동조를 받게 하여
부를 축적하는 원인이 되었다.
하늘을 알게 된 것은 자신의 능력으로는
불가능한 것으로 알았던 부를 축적한 것에 대하여
이것이 무엇 때문인가 하는 의문을 가지게
되면서부터이다.

아내는 당시 현재의 남편 밑에서
상무(商務)를 처리하던 중간 관리 직원으로서
원만한 성품으로 주변 사람들과 두루 좋은 인간관계를
맺고 있었으며,
주인이었던 현재의 남편을 흠모하여 금생에 인연이
되었다.

사 랑 하 는 마 음 ,
흠 모 하 는 마 음　　　그러니까 요즘으로 말하면

　　　　　　　　　　　무역회사 사장님(필시… 당시

유부남?)하고 경리직원의

러브스토리…

이렇게

21세기에 태어나

부부의 연이 닿을

줄이야…

당시로 돌아가서 볼 수만

있다면 너~무 재미있을 것 같다. ^^

근데…; {흠모}라는 말이 이렇게

　　　　　　찐~한 말이란 거 새삼스레

알게 됐다.

정말 {격}이 있게 좋아하는 걸 말하는 멋~진 단어인 것

같다.

{사랑~}이라는 말보다… ^^

……사랑이란 말은 요즘 너무 흔하니까.

나도 누군가를 '흠모' 하고 싶다… ^^;

전생에 백제 초기 호남 지역에서 힘깨나 쓰던 농부였다.

당시 인근에서 그의 체력을 당할 자가 없었으며,

이의 주장에 인근의 모든 사람들이 따랐다.

나이가 들면서

자신의 체력이 하늘의 뜻에 의한 것임을 알고

하늘의 뜻에 맞도록 힘을 사용하기 위하여 많은 노력을

하였다.

아내는 전생에 동시대에 태어나 그가 좋아하던

규수였으며,

딸은 당시 그를 존경하던 한 동네의 아이였다.

온 가족이 백제시대에
한 동네에 살았다고…

와~ 이런 엄청난 인연…~~
(정말 다시금 생각하는 거지만, 어떻게 이렇게 딱~
만났느냐는 거다~ =.=^)

근데 또 하나 재밌는 건 금생의 이분은….
{장사}는 커녕~ ^^
여자보다 예쁘시다는 거다.
가늘가늘~
호리호리~
얼굴도 테리우스같이
예쁘신데…^^

이어지는 또다른 결혼인연…
그녀는 큰아이가 유치원에
다니는 두 아이의 엄마이자
고등학교 과학선생님이다.

그녀의 남편은 소문난 애처가.

모임에 나오셔도 늘 부인 뒤만 졸졸 따라다니시질 않나…

부인이 수련하는 동안 밖에서 두 딸 시중 들기,

공개적으로 부인 칭찬하기…

       (제 아내가 정말 자랑스러워요~ 등등)

^^ (복날도 지났는데 갑자기 닭

생각이~)

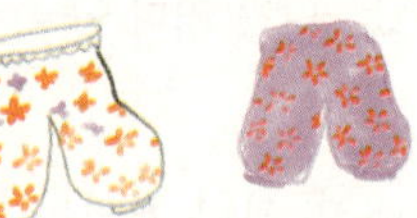

그런데 이분들의 전생을 알아보니 수긍이 가는 것이었다.

    전생에 열렬히

        사모하던 사이였다나? =.=;

전생에 신라 말 대갓집 마나님이었다.

처녀 적부터 온화하고 덕성이 있어

주변에서 맏며느리로 생각하여 욕심을 내었으며,

형편이 어렵던 시댁으로 시집가서

그 댁의 살림을 일구어 대갓집으로 만들어 놓았다.

여성이 집에 있으면서 본인의 힘으로 재산을 일군

경우이며,
이러한 경우는 흔치 않다.
남편은 당시 인근에 살며 서로 알고 지내던 사이였다.
모든 총각들의 흠모의 대상이었으며
남편 역시 그를 좋아하던 사람이었으나
당시에 맺어지지 못하였던 것이 금생에 인연이 된
것이다.

**동네 총각들의 흠모의
대상이었으며~**

그렇군~
동네 인기짱 미모의 아가씨…

바라만 보다가 그만…
(갑돌이는 갑순이를 사랑을
했더래요~ 그러다가
갑순이는~ ♬♪)

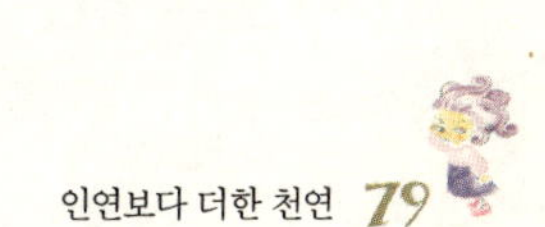

근데… 재밌는 거 하나,
　　　이분이 전생에서부터 그래선지
　　　　　쫌 {공주병}이 있으시다는 거다.
지난번에 식당에서 같이 밥을 먹는데 어떤 아기(약 2세)가
이분을 빤~히 보는 것이었다.
(애들은 별 생각없이 잘 그런다. ^^;)
그런데 이분 왈 : "너도 나 좋아하니?"

아…
전생이란 정말 알게 모르게
　　　　　영향을 많~이 미치는 것 같다…(쥬디생각)

{그럼 쥬디의 공주병은 어디서 온 것이란
말인가? 누가 좀 알려줘요~}

그리스의 토틀리우스

이번에 소개하는 분들도
수련생 부부이시다.
그런데 특이한 점은
두분 다 머나먼 외국에서 왔다는 점. 물론 전생에~
　　남편은 그리스에서,
　　　　아내는 베트남에서…

(그렇다고 다비드 조각상 같은 외모…를 상상하면 안 되지~

^^ 이분의 별명은 주윤발~ 왜일까? ^^)

더욱 특이한 점은,
전생에 두 분이
　　만났던 적이 없다는 점.
그런데 어떻게 부부가 되었을까?

　　남편의 전생은 그리스 부근 지역의
지역장이었다.
　　신분이 아주 높지는 않았으나 능력을 인정받아
한 지역의 제반 업무를 관장하였으며
전시(戰時)에는 선봉에 서기도 하였다.
(벤허의 찰톤·헤스톤 같은 역할)
당시의 이름은 '토틀리우스' 였다.
용맹하고 슬기롭게 일을 잘 처리하였으며
노후에 존경을 받으며 여생을 편안히 보냈다.
당시 인간이 최선을 다하여 노력하면
반드시 하늘이 보답을 한다는 사실을 터득하여 알고
있었다.
하늘을 믿는 마음이 인간의 능력을 극대화시켰다.
아내와는 금생에 처음 만났으며

하늘을 알았을 때의 파장이 동일하여 부부의 연이
되었다.

아내는 전생에 3천여 년 전 중국 서남방
베트남 가까이에서 농업을 하였다.
평화로운 가운데 끝없이 넓은 들판에서 농업을
하였으며
당시 특별한 일은 없었다.
일을 하면서도 항상 하늘을 바라보면서 감사드림이
인연의 단초를 제공하였다.

그저 베풀고
사는 게 좋은 겨~   아하~

반드시 전생에 인연이 있어야
            부부가 되는 건 아니구나~

공통적인 파장이 있어 만난 것…
파장이라…

그냥 전해지는 것…
    말이 없어도 통할 수 있는 것…
그것이 파장이리라…
    우주의 언어는 파장이라는데…

흔히 생각하듯
얽히고설킨 인연끼리만 만나는 건 아니군.
알고 보면 그렇게 죽고 못살 깊은 인연들도 아니군… ^^
그럼,
부부가 다음 생에 다시 만나게 될 가능성은?
그것도 아~주 희박하단다.
그러니 그저 {있을 때 잘해~}주고 감사하며
사는 게 좋은 겨~

주위 사람들에게 베풀자!
옆에 있을 때….
이 넓디넓은 우주의 어디서,
언제 또 만날지 모르는데…

매트릭스와 윤회

날은 더워지고,
모니터를 보니 눈이 가 물 가 물 …
얼마 전부터 모니터만 바라보면 입체적으로 보이는
착시현상이… -.-; (컴아, 왜 나를 미워하니…)

글구…
오늘 '매트릭스2' 봤지요~ ^^
근데…
극장 가득, 단체관람 온 중학생들... -.-; (정말 죽이게

떠들더군여…)

딱 세 가지로 구분되는 집단적 소음~
하나, 와아아~ 오오~ (빠른 액션 장면)
둘, 우우우우우~ (야한 장면)
셋, 와글와글, 웅성웅성 &*@*# (별거 아닌 장면)

한가지 생각뿐입니다.
가능한 한 빨리… 한번 더 봐야겠다. 이런 생각… ^^;
우리가 살고 있는 세상이 의심스러워져서
밥 먹다가도 테이블을 꾹 찔러보고….
심각한 매트릭스 증후군에 걸려버렸거든요.

난 할 수 있다!
{숟가락은 없다!}
^^

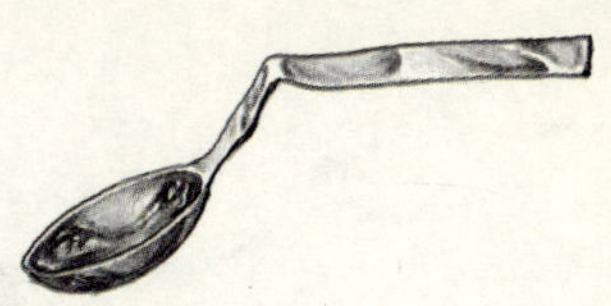

그러면서 또 한 생각…
우리의 전생~을 있게 하는 그 프로그램에 대한.

바로 {윤회} 프로그램…

**본체와 연결된
호흡의 끈**   제가 요즘 전생에 대해 파고들수록~
                          놀라움…만 커지더군요.
어떻게 이렇게 한 치의 오차도 없이 윤회의 사슬이
얽혀있을까… 하면서.
그 프로그램의 절대 원칙은
바로~ {인과응보!}

아주 소수의 인간만이 윤회의 사슬을 끊고~ ^^
자신의 운명을 조절할 수 있지요.

바로,

　　{깨달은 자}만이…

매트릭스에도 나오더군요 : {자신이 곧 매트릭스임을

　　　　　　　　　　깨닫는 사람이 자유를 찾는다. ^^}

그러기 전에는 아무리 열심~히 산다해도

눈 가리고 달리기하는 것과 같다.

나아갈 방향을 모르니 그저 쳇바퀴

돌듯 하는 것…

또한 내가,

지금 다소 전생을 알게 되었다 한들

그럼으로 인해서 나의 운명을 결정할 수 있는 힘이 없다면
그저, 아는 것으로 그칠 뿐…
무슨 의미가 있을까?

그래서… 오늘도 나는
'지구에서의 제한된 삶' 이라는 매트릭스를 벗어나기 위해
^^

우주에 있는 나의 본체와 연결된
호흡의 끈을 잡고 가고 있다.

한 숨 한 숨…

호흡의 뒤는 매트릭스?~

3생 만에 다시
만난 부부

오늘 아침은

바람이 선선해서 파카를 입고 앉아 있습니다.(알 수 없는

요즘 날씨…)

 따뜻한 목단차를 한 잔 앞에 두고…

블로그로 들어왔네요~

이번에는 3생에 걸쳐

인연이 있는 어느 부부의

이야기~

전생에서부터

만만치 않은 운명의

소용돌이를 거쳐

금생에 다시

부부의 연으로 만난…

남편은 전생에 고려 중기 사대부로서

중앙 정부에서 고위직에 봉직하였다.

소신 있고 두려움을 모르는 업무 스타일로

왕의 인정을 받았으나

차후에 타인의 모함을 받아 낙향하는 어려움을 겪었다.

많은 마음고생을 한 후 완성되지 못한 한 도인을 통하여

공부를 하였으나 끝을 보지 못하고 말았다.

가장 큰 원인은 당시 스승을 잘못 만난 탓이다.

전전생에서도 관직에 있던 중

선계진입이 거의 될 만큼 수련을 하였으나

완성의 길목에서 현재의 처와 만남으로 인한
성(聖)과 속(俗)의 갈등을 이기기 어려워 중도에 포기한
바 있었다.
전전생에 처의 기운이 모든 것을 채워줄 만큼
강력하였으며,
남편의 기운 역시 처를 수련으로부터 내려오도록
할 만큼 서로 강력하였다.

전생에 처는 조상 중 선인이 있는 가문에서 태어나
선천적으로 수련을 하도록 예정되어 있었으며,
어려서부터 스승을 잘 만나 신속한 수련을 할 수
있었다.
당시의 수련 진도는 거의 선계 진입이 가능한
정도에까지 다달았었다.
허나 처 역시 당시 19세에 현재의 남편을 만남으로써
수련과 멀어져 주변의 기대에 못 미친 한 생을 보낸 바
있었다.
그 인연이 끈질기게 남아 있어 금생에 다시 인연이 된
것이다.
당시 남편과 함께 수련을 마무리하지 못한 빚이 남아

있어 금생에 함께 가도록 된 것이다.

**기 나 긴   옛 사 랑 의
그 림 자 ?**   무슨 무협지의 종파의 계보를 보는
                              듯한…^^

(영웅문…? 곽정, 황용,
소용녀… 지금 내 머릿속에
지나가는 이름들…^^;)

하여간에 전전생에 두 사람이
만남으로써
완성의 기로에 서있던 서로를 수련에서 끌어내리고 업이
되었으니
금생에 다시 만나 잘 될 거라는 좋은 말씀~ ^^

근데 고려시대에 사대부로서 고위직에 오르고
내적인 수행에도 깊은 진전이 있던 분이라면…

게다가 대개 성은 그대로 타고 나온다 하니
'조' 씨였을 거고…(이분은 조씨다 ^^)
음…

정말 신기한 건 이분이
관직에 대한 미련이 있다고
나와 있는데
금생에도 관련된 업무에
종사하신다는 거다. ^^(법조계)
정말 연결이 되는구나, 모든 게….
가면 갈수록 나의 전생이 궁금해지기만 한다…
(그렇담 난 대체 왜~ -.-;)

수련의 단계가
올라가면 배필이 바뀌니

처음에 잠깐 말씀드렸듯이

개인에 대한 천서에는 그 사람에게 필요한 내용과 함께

가장 관심 있어하는 내용이 들어 있다.

결혼이면 결혼, 직업이면 직업, 가족문제면 가족문제…

그 중에서도 미혼남녀의 경우

결혼은 당연히 커다란 관심사항….

그런데…

이럴 수가~

수련을 하면 할수록 결혼 시기가 늦어진다는 안타까운
현실… -.-;
　　　　몸과 마음이 점점 맑아지고
　　　　　　영적인 수준이 점점 높아짐에 따라
　　눈도 같이 하늘 높은 줄 모르고
　　　　높아지기 때문이다. (휴… 대체 어쩌자고? ^^;)

전에 아무리 좋았던 사람이라도 어느
정도 수련을 한 후에 보면
초등학생과 사귀는 것처럼 맞지가
않는다.
마치 짝이 맞지 않는
젓가락처럼…

따라서 반드시~ 시급히~ 서둘러야 할 결정적인 이유가
있는 게 아니라면
(예: 막대한 유산을 물려받게 되었는데 1개월 내로 결혼을
하는 조건이라거나 뭐 그런 거…) ← 만화를 너무 봤어… -.-;

좀 참았다가 내 수준을 충분히 올린 후
보다 수준 높은 배우자를
　　　　만나는 게 낫다는 거다.

그래서 나이가 꽉~ 찬 분들도 막상 천서를 받고 보면
{3~4년 기다려라~}
심지어는 {결혼은 괘념치 마라~} 이렇게 되는 걸…
어디까지나 권장사항이지만.
{니가 수련을 잘하려면 이렇게 하는 게 좋을 걸?} 하는…^^

물론 몰래 도둑장가^^를 간
사람도 있다.
딸 아들 낳고 잘 산다~

하지만 대부분은 말을 잘
듣고 열심히 수련을 하고
있다.

이렇게~

전생은 신라 말 고려 초 충북 지방의 농군이자 사병의
지휘자였다.
당시 농군들로 조직된 사병들을 지휘하여
어수선하던 시절을 잘 다스렸으며, 인근에서 덕망이
높았다.
농업이 주업이었으나
시간이 날 때면 훈련과 정치적 사고를 하였으며
인근에 굶주리고 헐벗은 사람들이 없도록 노력함이
하늘에 인정받은 바 되었다.
당시 권력의 변화를 바라보면서 하늘의 뜻을 읽고자
노력했다.
배필은 키가 작고 아담하며 성격이 조용한 여성이
있으나 아직은 인연이 가깝지 않다.
수련에 전념하는 길이 인연을 당기는 일이며

상호간에 발전적 관계를 이룰 수 있는 방법이다.

2~3년 기다릴 것.

여건이 성숙되면 나타날 것이다.

우연은 없다

…우연히 태어나는 일이란 없다?

이모양~ 이꼴로(?)~ 사는 게 다 이유가 있는데…

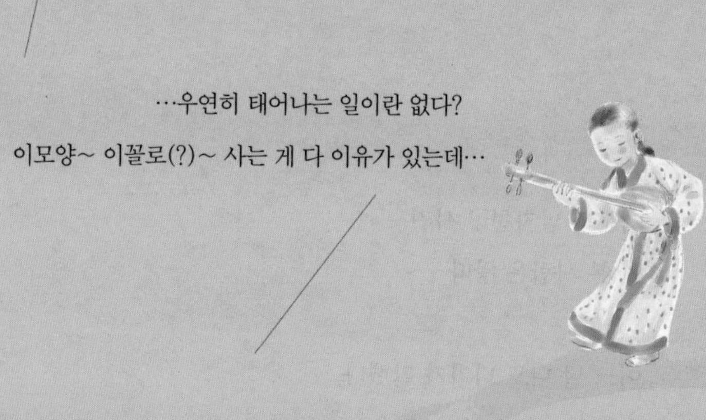

독일말로 어떻게 연애를?

이분의 남자친구 사진~
안 본 사람은 왕따~~ ^^;

어느 날 나도 다가가 말했다.
　　　　"저도 보여 주세요~" ('무엇을'이라는
말을 빼먹었다. 하지만 아무 문제 없었다.)
지갑 속에서 나온 작고 네모난 사진.
잘생긴 {독일남자!}가 웃고 있었다.
독일어로 연애를 하다니… 잘 될까? (순간 쥬디의

머릿속에 떠오르는 생각… -.-;)
한국말도 이리 오해 투성이인데…
와~ ^=^

처음 그녀의 이미지는
　　　선 녀 … 천 사 …
　뭐 그런 거였다.
왜냐면…☆~♡~♬
흰* 옷을 입고 첼로*를 연주하는 모습~*(환상적~)
(나도 흰 옷 입고 무대에 서 보고 싶당… 근데 뭘로? -.-;)
이렇듯 음악을 하시는 분인데…

참 이상도 하지…
　　어릴 때부터 꿈이
　　　{음악으로 하늘을 전하는 거}였다고…
음악 하시는 분은 다 이런가요? 잘 몰라서…(특이한
경우라고 생각되는데…)
게다가 '음악은 내게 천직이다!' 이런 투철한 직업정신!
몸이 약한 가운데에서도 자신만의 새로운 음악 세계를

개척해 나가고 있다.

이분의 전생이 정말~ 궁금했다.
　음악…
　　　전생과도 필히 관련이 있으리라…

전생에 고구려에서 현악기를 연주하였으며,
당시의 연주 솜씨는 가히 최고라 불릴 만하였다.
음악을 하면서 많은 것을 생각하였는바
어떻게 하면 소리로 하늘을 표현할 수 있을까 하는 것이
하나의 주제였다.
당시에도 건강은 양호한 편이 아니었으며,
자신의 몸을 너무 혹사하여 30세가 채 되지 않은 나이에
그 소망을 이루지 못하고 향천하였다.
지금도 소리에 대한 염원과 하늘에 대한 열망이
현재의 자신을 만들어 왔다.
맑은 영혼을 가진 것이 장점이다.
허나 그 맑은 정신을 유지할 만한
육신의 건강을 가지지 못한 것이 단점이다.

도인법과 호흡으로 건강을 살피고 그 다음에 음악을
하는 것이 옳다.

**맑은 영혼을 가진
고구려의 악사**　　맑은 영혼을 가지신
　　　　　　　　　분… 이구나~ ^-^

맑 음 은 …
투명함, 잔잔함, 걸림이 없음.

아주 맑은 물을 상상해 본다.
그 잔잔한 물결이 어느 것 하나 감추지
못하고 드러내게 한다.
　고도의 집중을 요하는
　　　음악에의 몰입이
　　　　바로 이러한 잔잔한 파장의 상태에
　그를 오게 했으리라…
하지만 맑음이 곧 힘이 되는 것은 아니란다.

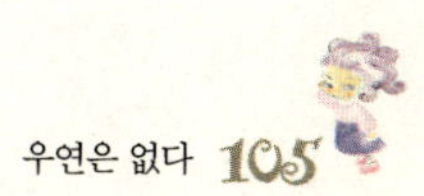

고요한 가운데
    힘을 비축하고 있는 맑음이어야지
약하고 맑기만 하면 오히려 힘들다고…

나의 맑음으로 인해 주위를 맑게 할 수 있는 진정한 맑음…
하늘기운으로 자신을 비워내는 {수련}에서 오는 힘이리라…
    진정한 맑음에서 나오는
    음악을 연주하게 될 날을 그려보며…

미리 예매요! ^^

수의사가 된 이유는…

아는 분 중에 멋있게 생긴 수의사가 한
분 계시다.
　음…
　　모피어스 닮았다. ^^ (그 배우 이름이 뭐더라?)

거무스름한 피부, 진지하고 강렬한 눈빛에, 신중한
말투까지…
수원에서 동물병원을 직접 운영하시느라 자주 뵙지는

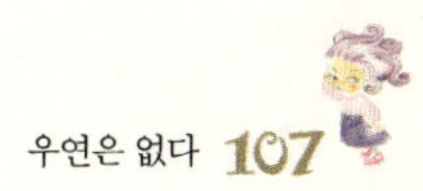

못한다.

내가 애완동물을 키우는 것도 아니고.

이분의 전생이 궁금했다.

수의사가 된 것과 무슨 관련이

있지 않을까?

과연~ 있었다…

전생에 고려 중기 충남 천안 부근에서 식당을

운영하였다.

사람이 많이 모여들어 꽤 큰 부를 이룩하였으며,

자신이 이룩한 부를 이용하여

인근 사람들에게 남모르게 좋은 일을 하면서 살았다.

당시 그가 운영하던 식당에서

집에서 키우던 짐승들을 식용으로 이용함에 대하여

안타까움을 가지고 있었는바

그 안타까움이 금생에 동물들을 보살피는 수의사가

됨에 결정적인 역할을 하였다.

전생의 안타까움을 풀어 보고자 금생의 직업을
선택하였으니
모든 것을 풀어 볼 수 있는 삶이 된 것이다.
모든 동물들이 하늘을 대신하고 있음을 알 것.
자신의 직업으로 업을 해소할 수 있는 경우이다.

**우연은
없 다**

　　　　　　그렇군!
　　　　역시 우연은 없었어.

이분이 학창시절에 꼭 수의사가 되어야지… 그런 것도
아니라던데
(사실 전공이란 것이 다 어쩌다 보니 점수 맞춰 가게 되지
않던가?)
그럼에도 불구하고
딱딱~

갈 데로 가게 되는 정교함에

　　　　　　　다시 한 번 놀라게 된다.

우주는…

정말 어떤 곳일까?

 매트릭스일까? -.-; (중독증세 또 나오고 있음)

요즘은 꿈을 꾸어도 꼭 빌딩에서 떨어지는 꿈 이런 것만

꾸고… -.-;; (트리니티 쥬디?)

그나저나, 아…

　　　{금생에는 모~든 것을

　　　　　풀어 볼 수 있는

　　　삶이 될 것이다~}

　　　　넘 좋겠당~

어찌 그리 평범하게
태어났단 말인가!!!!!!!

이분은 딸 하나 아들 하나를 두신 중산층 가정의
주부이시다.

너무~~~나

평범한….

그만~한 분당의 아파트에 사시고,
아이들도 그만~한 유치원과 학교를 다니고,
그만~한 자동차와 그만~한 남편.
소위, 평일 낮에 백화점 문화센터에서 흔히 볼 수 있는
아줌마?

이셨을 법도 한데…

전생을 알고 보니~
@_@(이럴 수가!!!)
어찌 그리 평범하게
태어났단 말인가!!!!!!!
(도대체 무엇이었관대?
…ㅎㅎㅎ 쪼매만 기다리셔요~)

아무~리 요리조리 살펴봐도 눈코입,
외모도 평범~하시기만 하고.
남다른 특징이라고 하면…
좀 유달리 {반듯}하시다는 거…? (자세도, 말씨도, 사는
모습도…)
절대 허투루 누워서 시간을 보내거나 하지 않는다.
반듯이 앉아 책을 읽거나 수련~ ^^
남들 흉보거나 호박씨 까는 행동 절대 안 하고.
음…
전형적인 모범생 타입~
그러나 참으로 정도 많고, 책임감도 강하고, 베풀기

좋아하시는…
　　　이분의 전생은 무엇이었을까나…?
짜 잔 ～

전생은 신라 말 여왕이었다.

당시 본인이 많은 노력을 하였으나 주변 여건이

따라주지 않아

치적을 남김에는 어려움이 있었다.

당시에 불교를 깊이 연구하여 이에 대한 이해가

깊었으며

이 이해를 바탕으로 하늘이 있음을 알고 있었다.

그 이후에는 더 이상 윤회한 적이 없으며,

금생에 하늘과의 인연을 살려 보기 위하여 환생하였다.

몸이 약한 것은 그것으로 인하여

세상일에 신경 쓰지 않고 하늘을 바라보라는 뜻이다.

여 왕 폐 하 ~
납 시 옵 니 다 ~   뜨아!

여왕~

순간, 쥬디의 머리가 또르르~ 굴러갔다.

음… 신라시대 여왕이면 세 분밖에 없는데…

누구지?

선 덕 , 진 덕 , 진 성 .

당장 인터넷으로 검색~

음… 진덕여왕은 팔이 무릎까지 내려왔었다구? (팔은

그렇게 안 길던데…)

하지만 불교에 상당한 관심을 보이셨다는데…

진성여왕은 왠지 악명이 높은 듯 하고… (그럴 리가 없어!)

선덕여왕인가? 그 유~명한! (일찍이 모란꽃에 향기가 없는

걸 단번에 알아채셨을 뿐더러, 첨성대와 불국사를 건축하신?

헉헉…)

도대체 누구란 말야?

???

… @.@ ~~~

하는데

　　전혀 동요가 없으셨다.

보통 사람(예를 들면 쥬디 =.=;) 같으면 다소 들떠서

흠… 목에 기브스하고 다녔을 법도 한데…

그냥 "송구하옵니다~" 일 뿐이었다.

그리고, 한 해, 두 해 알아갈수록 고개를 끄덕이게 하는

점을 발견하게 된다.

한 가지 기대되는 건,
수련하다가 언젠가 번득! 전생의 기억을 되찾아서 재밌는
얘기를 해 주시는 거다.
　　　신라 왕실의 여러 가지 사건들…
김춘추, 김유신, 문희 등 재밌는 일들… 진상은 어땠는지~
그러면 사회적으로 쇼킹한 사건이 될 텐데. ^^

하지만 전~혀 생각도
안 나실 뿐더러, 일부러
경주에 가 보았는데도
전~혀 필이
안 오시더라니…
(실망~)
언제쯤 말문을 여시려나~ ^^

* 한가지 신기한 건 얼마전 조선일보에서 여인열전 같은 거
연재하면서 신라여왕의 초상화를 곁들였는데,
놀랍게도 이분의 얼굴과 너무 닮아 있었다.

참으로 신기신기~

…아무리 봐도
넘 신기해~

잊을 수 없는
눈매의 아가씨~

이분하고 10분만 같이 있어 보면 자연스럽게 웃고 있는
자신을 발견하게 된다.
그것도 아주 즐겁게~
그런 능력이 있는 분이다. 자신이 즐거움으로써
남을 즐겁게 하는… ^^

처음 보았을 땐 고등학생인 줄 알았다.
곧게 자른 단발머리, 초롱초롱한 눈빛, 총총 걸음…
주위는 온통 귀여운 팬시용품들로 가득~

그런데… 10년이나 아래로 본 거였다. ^^

알고 보니 '영아트'라는 팬시점을 운영하는 어엿한 사장님~

알게 된 지도 벌써 2년이 넘었다.

그동안 한결같이 밝고
경쾌한 모습을 보여 준 그녀~

수련하기 전엔 조용히 집과 직장만 오락가락 하며 착실히
살았다는데

요즘 오히려 물오른 버드나무(?)처럼

이리 ~ 저리 ~
풍류도를 실천하는 데 여념이 없다 한다. ^^

지난번엔 힐리스를 신고 와 수련장 앞에서 시범을~

틈나면 밀리오레 앞에서 10대들

댄스 구경(특히 힙합을 좋아하는

듯~)

주말이면 인라인 스케이트와

영화감상으로

미리 약속을 잡지 않으면 만나기

어렵다고… ^^; (정말?)

근데…

한번 맘 먹으면 무서울 정도의 진지한 눈빛!

쏘아보듯 깊이 있는 눈동자…

무언가를 결정해야 하거나 고민할 때의 그 무서운 눈빛~

하다못해

"우리 뭐 먹으러 갈까요?" 할 때도 눈에서 빛이~ ^^

그 이유가 궁금했다.

전생에 무슨

심각한 일이라도 있었던 걸까?

전생은 신라 중기 무공이 뛰어난 여성이었다.

스스로 무예를 익히기를 즐겨

웬만한 남성들도 당하지 못할 정도의 실력을

보유하였다.

당시에도 호방한 성격으로 명성이 높았으며,

결혼을 하지 않고 지냈고 무예가 유일한 즐거움이었다.

무예를 익히던 중 천지에서 기운이 유통되는 것을 알고,

이 기운의 유통을 무공에 이용하다가 이 기운이 하늘

기운임을 알았다.

본인이 익힌 무공과 하늘의 기운이 닿아 실력이 상당한

수준에 이르렀으며

나중에는 자신의 기운만이 아닌 하늘의 기운임을 알아

하늘에 감사하였고

이것이 금생에 수련에 이르게 하였다.

이렇게 하늘을 알고 하늘의 기운을 이용하는 단계에서

더 발전하면 바로 우주인의 단계로 간다.

**무공이 뛰어난
신라의 여인**   와~ 멋있다.(뽕갔음~ *.*

                    ← 무협지를 좋아하는 쥬디~)

전생의 그녀를 상상해 본다.

길고 늘~씬한 자태, (금생과 너무나 다른 ^^;)

매서운 눈빛(번득!),

달빛 아래 칼을 빼들면(쉬익~)

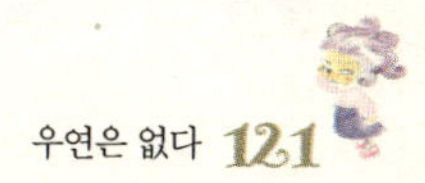

오~웅~~ (어디선가 늑대 우는 소리)
남자는 안중에도 없이 홀로 무공을
연마하며 하늘을 우러러 기도하다…
햐~ (백발마녀? ^^)

그런데… 아니!
이것이 무슨 말씀이실까요?
우주인의 단계…란~

하늘을 알고 하늘기운을 이용할 수 있으면… 이라…
그래,
우주인이란 그런 걸 거야!
{우주에 사는 괴상한 종족(ET로
대표되는)}이 아니라

현재의 차원을 뛰어넘은,
{우주적인 사람…}을 말하는 것…일 거야.

이를테면,
우리 나라 사람들이 수천 년을 이곳에서 살아왔지만
요즈음에 와서야 새삼스레 {세계인~} 어쩌구 하는 것처럼.

(그 오랜 동안 이 세계에 속해 있었음에도)

맞아.
우주에 살고 있지만 우주를 모르는데
어찌 우주인이라 할 것이야?

한집에 살고 있지만 개미나 모기에게 가족이라 하지
않듯이~ ^^
… 그런 의미가 아닐까?
(쥬디 생각 : 맞을 거야. 서당개 몇 년인데~ ^^)

전생이 동이족만
많은 이유

블로그에 연재를 하다 보니
어느날 질문이 들어왔다.

"왜 쥬디님이 아는 분들은
전생이 다 우리 나라 사람인가요?
전 제 전생이 마리 앙뜨와네뜨라고
굳게 믿고 있는데요…"

쥬디 : 네… 마리 앙뜨와네뜨이실 수도 있지요…
　　　 물론. ^^

……저도 꼭 그렇게 생각했었답니다. ^^
눈 감으면 떠오르는 건…
그리운 내 성(아, 베르사유~),
가사책에서 처음 봤을 때 너무나 눈에 쏙 들어오던
로코코 시대의 의상들.(그 치마폭~)
아니, 적어도 어느 이국적인 곳의 그럴싸한 인물이
아니었을까? 하는…

{너무 뭐라 하지 마셔유~ 이런 상상도 없이 무슨 재미로
사나유~ 밋밋한 하루하루여~}
또 다른 분은 자신의 전생이 왕 중의
한 명인 줄 알았다고…
왜냐하면, 경복궁만 가면 그렇게
　　　　 편안~하더라나?
^^

그 말을 들은 어떤 분 왈 :
　　　　 "수위였을 수도 있잖아?"

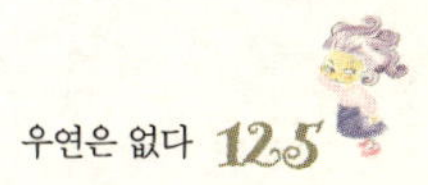

이렇듯~
　　착각은 자유지만~

ㅎㅎㅎ… 현실은~ -.-;;

이유가 뭘까?
지구상에 수많은 나라, 민족, 직업이 있건만…
왜?

　　이유는… 다~ 동이족의 평범한 직장인인
제가 아는 분들이기 때문입니다.

　　ㅜ.ㅜ (제 탓입니다~)

다시 태어나게 된다고 해도
　전생에서 이어지는 금생이기 때문에
　　전~혀 다른 삶으로 가는 건 아니라는 거다.
남녀 성별도 거의 그대로 가고,
(다음 생엔 꼭 남자로 태어나 군대에 가리라~ 하고 한을
품으면 또 모를까…)
성씨조차 비슷하게 물려받는다.(인연이 있는 집안에
태어나게 됨)

물론 다 그렇다는 건 아니다. 실망 마시길~

**아! 전생에서
이어지는 금생**　　게다가 끔찍한 사실 한가지!
　　　　　　　　전생의 {성향}… 장점이든
단점이든… 도 그대로 가지고 나온다.
　　단 한가지의 못 말리는
　　　성격 때문에 수십 생을 반복해서
　태어나기도 한다.
예를 들면, 잘난 척 하는 병~ (공주병,
왕자병… 참 고치기 어렵죠~)

그 한 가지를 못 고쳐서
수천 년을 계~속 그 상태에서
제자리걸음만 하는 수도 있다.
마음 하나 바꾸면 점프를 할 텐데…

또 어떤 사람하고 해결하지 못한 갈등이 있다 그러면
그걸 그 사람하고 풀어버리면 금방 해결되는데,

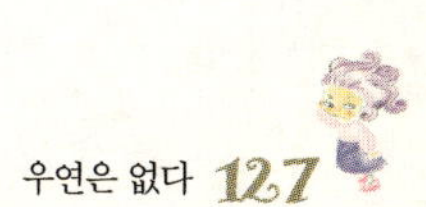

그냥~ 가지고 있다가 죽으면
　　다음 생에 또 만나고, 또 만나고 하는 거다.
꼭 그 사람을 통해서가 아니라도 비슷한 상황, 비슷한
사람들을 통해서

{어떻게든} 그걸 극복해야 넘어간다는 거다.
그러니 잘못한 거 있음 그냥 빨리 사과하고 넘어가는 게…

　　우주는 이렇게 빈틈없이
　　　　돌아가는 프로그램이다.
　　매트릭스하고 비교도 할 수 없는… ^^
결론 : 내가 아는 분들의 전생 중에 동이족이 많은 이유는
이랬던 거였다.

하지만 여전히 님들이
앙뜨와네뜨였을 가능성은 살아있다.

그럼 계속해서 다양한 시대의
다양한 전생 속으로~

신라 말 해상무역을
하던 자매

그래서인가?

그러고 보니 정말 비슷한 사람들끼리 몰려다닌다.

지금 소개하려는 자매님은

둘 다 신라시대 출신이다.

당시에도 가까이 알고 지내는 사이였다고…

그리고, 금생에도 원래

앞에서 소개한 신라 여왕님과 절친한

친구 사이였다고 한다.

당시에도 알고 지냈는지는 모르겠으나

그렇게 엮여 있다는 게 또 재미있다.
　　살아온 내력도
　　　　　전생과 어쩜 그리 비슷한지.
결혼보다 일에 관심 있는 것도 그렇고.

언니의 전생은 신라 말 전남 완도지역에서 국제무역에
종사하였다.
시대적 배경이 열악함에도 불구하고
자신의 능력을 발휘하여 사회에 상당한 기여를 하였다.

당시에도 결혼은 하지 않고 일만 하면서 생활하였으며,
결혼 등 어떠한 것보다도 일을 좋아하였다.
업무의 성격상 하늘을 의지하며 매일을 기도하는
심경으로 보냈다.
하늘에 대한 간절한 기원이 수련에 인연이 되도록
하였으며
금생에 끝까지 갈 수 있다.
결혼은 해도 좋고 안 해도 무방한 경우이다.
자신의 마음이 끌리는 대로 할 것.

동생은 전생에 금생의 언니와 혈연관계는 아니었으나
한 마을에서 태어나 서로 존경하면서 살았다.
당시 언니와 연관된 상업적인 일을 하고 있었으며
언니의 일하는 것을 보고 자신도 함께 노력하는
편이었다.
금생에도 서로 좋은 자매의 인연이 되고 있다.
수련과의 인연은 당시 언니가 지극히 하늘을 섬기는
것을 보고
동생 역시 하늘에 대한 믿음이 있어서였으며,

이러한 인연이 금생에 자매로 태어나 같이 수련에 들게
하였다.
모든 것이 전생의 업이다. (업에는 좋은 것도 포함됨)

**업 에 대 한
새 로 운 인 식**　　　　…신라 말 국제무역이면 혹시
　　　　　　　　　　　청해진? (쥬디 능력으론 확인
불가능~ -.-;)

근데, 좋은 업도 있다구?
음…
새로운 발견이당.

흔히 '전생에 무슨 업이 많아서…' 이런
얘기들을 하곤 하는데,
그럴 때 말하는 {업}이란?
우선 안 좋은 쪽으로 생각이 든다.

핑계 댈 게 없으면 하는 말 같기도 하고… -.-;

그러나,

알고 보니 업이란 말 그대로 업(業)이었다.

　　내가 {저지르는} 모든 일들이 나의 업…

완전한 중도{0}로 살아가지 않는 한 {+} 혹은 {-}의 부채를

남기기 마련이므로…

즉,

좋은 쪽이든 나쁜 쪽이든 갚을 것이 있으면 다 {업}인 거다.

그러므로, 완벽한 신이 아닌 이상

　　인간은 누구나 자신의 {업}을

　　　　　　지고 살고 있는 거다.

　　거기에 따라 태어날 때 인생 스케줄이

　　　　프로그램 되는 거고…

^^

　　이 시점에서 또 어떤 분의

　　　　전생 이야기를 하고 싶어졌다?????

전생은 신라 말 나무꾼이었다.

당시 나무 중에는 인간으로 있다가 환생한 경우가
있었는데

상당히 거대하고 신기(神氣)가 있어

나무를 하러 오는 사람들이 이 나무에 대하여 주의를
하였다.

허나 나무를 하는 것이 본업인 그는

그러한 사실을 모르고 이 나무를 쳐냈으며,

이 나무가 자신의 일을 다 하기 전에 영계로
돌아감으로써

자신의 스케줄을 다하지 못한 경우가 있었다.

손가락 부상은 이 같은 일로 인한 업이다.

수련생의 가는 길에 어떠한 마음가짐을 가지고 가야
하는 것인가를 알려 주는 사례이다.

아내는 전생에 그가 나무를 해다 파는 것을 바라보던
이웃집 여인이었다.

딸은 당시 아내의 딸이었으며,

양자 모두 그에게 좋은 감정을 가지고 있어 금생에
인연이 된 것이다.

신기가 있는
나무를 벤 나무꾼

뜨아~

그래서 그랬구나.

한쪽 손에 늘 장갑을 끼고

계셨는데,

전생에 신기가 있는 나무를 베어서 그렇다니…

(무서워~ -.-; 혹시 어제 내가 잡은 모기도?)

정말 {한 점 걸림이 없어야 한다}는
　　　　　　말씀이 가슴에 콕 박힌다.
금생에 알게 모르게 저지른 죄가
　　　　한두 가지가 아닐 텐데…

-.-;

그래도 이분은 전생을 알았으니

자신을 찾아가는 실마리를 찾았다고 할 수 있다.

영문도 모르고 괴롭게 살지는 않을 터~

수련이란 그런 거다.

한 치 앞을 모르고 이리저리 헤매는 인생에서 탈피해
　자신과 우주에 대해 알고
　　자신의 삶의 주인이 될 수 있는 것…
{업}이라는 것도 좀더 적극적으로 나의 진화에 활용할 수
있을 거다.
그럴 거다…
^^;

지구라는 별,
전생의 기억을 남기지 않는다

자신의 전생을 기억한다면
사람들이 참 착해질 텐데…^^;
세상이 좀더 살기 좋은 곳이 될 텐데…
지구라는 곳이,
태어나면서 모든 기억이 삭제되기 때문에…
오히려 더욱 악업을 쌓는 쪽으로 사는 사람도 허다하다니
안타까운 일이지~

지구…

　　　라는 별이 원래 그렇게 만들어졌다.

매번 다 잊고 태어나는 이 얄궂은 윤회 프로그램이라니…

-.-;

태어날 때마다 맨 몸으로 새로 시작~

그래야 공부가 된다니…

어느 책에서 읽은 얘긴데,

태국에서 어떤 사람이 갑자기 전생을 기억해 내고 과거의

일들을 좔좔 얘기하기 시작했다고 한다.

전생에 살던 집에 가서 '내가 이 집 주인이다' 라고

했다던가?

처음엔 아무도 믿지 않았지만, 뭐가 어디 있고 가족들
이름은 어떻고 하는 걸 다 기억해 내니 다들
　　　　　　환생을 믿지 않을 수 없었다고…
　간혹 **TV**에서
　　　　{세상에 이런 일이} 같은 거 보면
　　비슷한 사례가 소개되곤 한다.

프로그램상의 '오류' 일까?
급히 태어나느라 완전히 싹 지우는 데 실패한… -.-;
???
요즘은 이런 생각이 든다.(특히 매트릭스를 본 이후? ^^)
　　일부러 그런 허점을
　　　　보이시는 게 아닐까?
사람들의 마음에 {전생}이라는 개념을 심어 주기 위해…
정말 너무 막가고 있는 이 시대의 사람들에게
조금이라도 근원의 기억을 살려 주기 위한… ^^
(그럴 듯 하죠?)

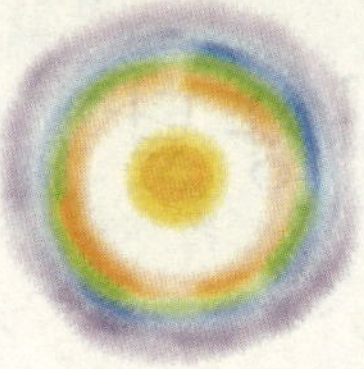

{쥬디의 전생이야기}도 그런
맥락에서 이해해 주셨으면 한다.
그냥 재미삼아
주위 사람들의 전생을 공개해
버린다기보다는
　삭막한 현대인들의 마음에
　　{내가 온 곳은 어딜까~} 하는
한 가닥 의문의 파장을 일으킬 수 있다면…
그것으로 만족~
(와~ 왠지 멋있는 말을 한 듯~ ^^V)

참!
기억은 모두 없어진다 해도,
그래도 수련은 한 만큼 축적되어 있겠지~
　　　　한 숨, 한 숨, 차곡차곡…

그럴 거야~
　(수련, 숨 쉰 만큼 이익이다~ ㅎㅎㅎ)

제사장 달구~

이런 분이 있다.

유머감각이 탁월하고, 대학에서 기계공학을 전공한

인재이신데 ^^

이상한 강박증이 하나 있단다.

어릴 때부터 제사상을 아무렇게나 차린 것을 보면

괜히 기분이 나빴다는….

스스로도 이유를 알 수는 없었지만 하여간 그랬단다.

그런데 전생을 알고 보니…

까마득한 옛날에
하늘에 제사를 드리는
제사장이었다나… ^^;

전생에 삼국시대 이전

현재의 충북

고원(高原)지방에서 태어나

제사를 주관하면서 때때로 수렵과 농업에 종사하였다.

하늘을 우러러 기도하는 것이 일이었으며,

이름은 '달구~~~(구를 길게 발음)' 였다.

당시에는 하늘에 대하여 고하는 일이 잦았다.

전문적인 제사장은 아니었으며,

본인의 감각으로 하늘을 받들어 모신 것이 정확히

맞아들어

가물다가도 그가 빌면 비가 오는 등 대체로 소원이

이루어지므로

노후에는 제사에만 전념하게 되었다.

**낙랑국의
공주님**

또 이런 분이 있다.

걸핏하면 자꾸 넘어지는 거다.

여기서 쿵~, 저기서 쿵~

365일 발목과 무릎이 성할 날이 없다고…

알고 보니,

전생에 공주였다나…(진짜?)

늘 가마만 타고 다녀서 걸을 줄 모르는 거라는 설이

지배적이다. ^^

전생은 낙랑국의 공주이다.

당시 외동딸로서 왕자가 대통을 이을 수 없을

정도로 유약하므로

부마가 왕위에 오르게 되어 있었으나,

왕자가 승계하고, 공주는 평범한 일생을 살았다.

당시의 평온하고 부귀한 것이 마음에 남아 있다.

이후 평범하거나, 부귀한 집안의 딸로 3회 더

태어났는데,

모두 용돈을 쓰는 데는 지장 없는 재산가의 딸로

태어났다.
금생에 다시 나왔으나 전생의 성향이 강하게 입력된
탓에 아직 그 성향이 남아 있다.
특별히 두드러지지 않은 생을 살 것이다.

그러고 보니 길눈이
유~난히 어두운 어떤 분은
전생이 선녀였다나?

날아만 다녀서 길을 잘 못 찾는 거라고…
과연?
믿어야 하나 말아야 하나… -.-;

그대 반짝이는 별을 보거든

별을 보면… 괜히 눈물이 난다.

내 별은 어느 별일까? 고향별엔 두고 온 가족들이 있을까?

기억도 나지 않는 아득한 추억이…

그대 반짝이는
별을 보거든

지금 살고 있는 지구인들은
윤회를 몇 번씩이나 했을까?

앞에 나왔던 낙랑 공주도 천서에 언급된 것만 해도
5번인데… 와~
그래도 이 정도는 별로 윤회를 안 한 경우라고 한다.
자신이 반드시 넘어야 하는 공부를 해 내기 전까지는
계속 되풀이될 수밖에 없으니…
수십 번 윤회를 해도 별 진전이 없기도 하다는데…
-.-;

사실 현재 지구인들 중엔 너무나 많이
윤회를 해서, 원래의 자신이 어떤 모습이었는지
흔적조차 찾기 어려운 경우가 허다하다고 한다.

그렇지 않겠는가?
(이사 많이 다닌 사람 주민등록증을 보면
너덜너덜~ 오래 전에 살던 곳이 어딘지는 알기도 어렵던 걸~)
그 중엔 웅대한 포부를 품고 머나먼 별에서 유학(?)와서

수련별인 지구에 태어났으나
이런저런 일로 윤회를 반복하다가
　　　고향별을 아예 잃어버린 경우도
허다하다고…
{우주 미아…?}

하하하!
이런 분을 찾습니다~
　　　　밤하늘에 반짝이는 별을 보면
　　　　괜시리 마음이 찡 ～ 해 오 시 는 분…
별똥별을 보면 반드시 소원을 비시는 분…
UFO, 우주 이런 데 유난히 관심 많으신 분…
???

{앗, 저요…? @.@// }

별똥별에서 온 영혼

전생에 아주 머나먼 우주의 아주 작은 별똥별에서

먼지만 한 크기로 태어나

지구로 내려와 15회의 삶을 보내며 다양한 직업을

가졌다.

아주 옛날에는 장군이었으며, 다음에는 농군이었고,

대궐과 큰 절을 지을 때 불려가는 유명한 목수이기도

하였으며,

대장장이이기도 하였다.

특이하게 다양한 직업을 가졌으며

근자에는 조선 말 농사와 목수의 일을 약간 하였으나
평온하게 살았다.
당시에 하늘을 우러러 자신의 본래의 모습을 찾고자
간구한 것이
수련과 인연이 닿게 하였다.
금생에 수련으로 끝을 보는 것이 좋을 것이다.
특이하게 수십 생을 지상에서 보냈으니
더 이상은 여유가 많지 않은 까닭이다.

…아주 머나먼 우주의 아주 작은 별똥별에서
먼지만 한 크기로 태어나…

^^

먼지가 되어~~

이분을 볼 때마다
오래 전 이 노래
생각이…^^;

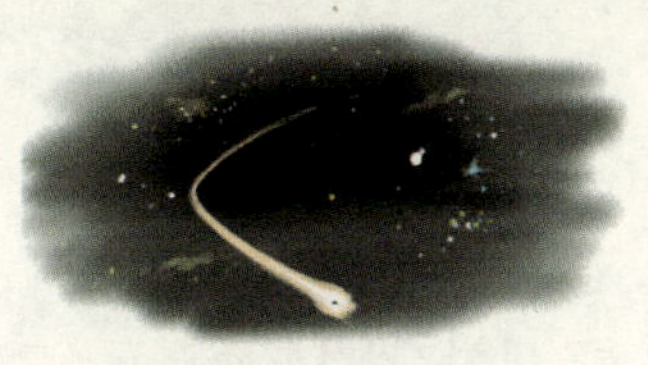

지금은 너무나 평범하게
사시는 분인데…

하긴 지구에서 15번이나
윤회를 하였으면
우주에서의 기억보다 지구에서의 기억들이 더 많은 부분을
차지할 것이다.
아…
　　15번이나 태어나다니…
　　　　특히 15-1＝14번이나
죽었었다니…(으악～)
…아기에서부터 노인까지를 15번
반복했다니～

사 는 게 쉽 지
않 은 이 유

게임을 해도 그 정도 반복했으면
도사가 됐겠다…
'프린세스 메이커' 할 때도 몇 번 하면 다 파악이 되어
다음 번엔 뭘 하고, 뭘 안 하고, 어떤 아이템은 구입하고,

어딘 가면 안 되고…

통밥이 생기지 않던가?
그런데 이분을 보면 통밥이 많이
안 생기신 것 같다.

여전히 고지식~하시고 ^^

옳고 그름이 분명하셔서 불의를 보면 참지 못하는

정의파…이시다.

그래서 삶이 그리 매끄럽진 않으신 것 같다.

적당히 타협하면서 그냥그냥 잘 지내는 능수능란한

사람들이 얼마나 많은가? (그럼 그들은 훨씬 더 많이
윤회를 했단 말인가???)

사실, 쥬디도 몇 번 태어났었는지는
모르지만,
사는 게 편치는 않은 족속 중 한
명이다.

뭐든 처음 하는 것처럼
서툴고, 걸핏하면 넘어지고,
오나가나 실수연발…

휴~

이런 내가 꽤 원망스럽기도 했다.

특히 사회생활에서 참기름처럼 매끄럽게 일을 처리하는

분들을 볼 때~

하지만… 그렇게 다른 이유

…알 것 같다.
　　　바로 태어난 목적이 다른 것!

별똥별에서 온 이분이 그런 모습으로 태어나신 건

그게 그분의 공부에 도움이 되기 때문인 거다.

어떠한 핸디캡을 가지고 금생에 끝까지 갈 수 있다면

모래주머니를 지고 마라톤을 한 것처럼 더욱 값지게

평가받는 것…

그러니 각자의 성격, 부족한 점…들은 어떻게 보면

우주의 혜택이라고 볼 수 있는 것…

나보다 잘난 남을 부러워하면서

시간을 보낼 것이 아니라

눈을 내부로 돌려

나의 장점을 찾아 빛나게 갈고 닦는 것이
금생에 태어난 보람이 아닐까?
대우주의 진화에 내가
참여할 수 있는 작은 실천…

그리고, 한가지 더!
호흡을 통해 우주기운을 공유하는 일…

우주의 일원으로서의 권리이자 의무일 것이다.
그럴 것이다…

그럴 거야~ ^^;

수천년간
잠만 자던 어린왕자

그럼 이번엔
별똥별보다는 쬐~끔 더 큰
별에서 오신 분을 볼까.
아주 작은 별…
그 별의 이름은 B29?

아주 작은 별이 있다.
직경이 불과 수 킬로에 지나지 않을 정도의 작은

별이다.

소속된 행성(지구와 같은 별)이 있고

그 행성의 영향권 내에 있는 위성별(달과 같은 별)이다.

이 별은 행성에서 필요로 하는 기(氣)에 대한 공급을

담당하고 있다.

모든 시스템은 자동화되어 있으나 일부 해당별의

거주민 몇 명이 나름대로의 임무를 수행하고 있다.

이 역할을 하던 사람으로서, 나름대로 한가히 자신의

일을 하고 있었다.

지상에서 태어나기 전 수천 년간은 동면기에 들었다.

동면기는 일을 하지 않고 의식을 꺼둔 채 머무는

기간으로,

대개 다음 일정을 수행하기 위한 준비기간이다.

이 기간을 마무리하고 지상에서 태어나게 되었다.

금생에 열심히 한다면 상상할 수 있는 이상의 효과를

서둘 것이다.

수련이 적성이다.

**전 생 에 작 은 별 에
살 아 서 일 까 ?**

아무리 봐도 어린왕자란 말은
한 줄도 없는데….

전생이 알려진 이후 다들 이분을
{어린왕자}라 부른다.

나이는 음…
별로 안 어린데… ^^
얼굴은 정말 20년을 뛰어넘은 어린왕자~
게다가,

전생에 작은 별에 살아서일까?
행동반경이… 꼭 작은 별 만큼이라고… ^-^

초등학교 때부터 지금껏 서울 시내, 그 중에서 중구와
종로구를 벗어나지 않고 살았단다.
물론 지금도 중구에 살고 있고,
수련도 중구에 위치한 약수동 수련장에서 한다.

그래서 누군가가 그랬다.
전생에 살던 별이 중구와 종로구만 한 거 아냐? ^^
그래… 그럴지도 모르지~

{그래서,
그 별의 이름이
정말 B612가
아니냐구~~~}

알.고.싶.다.

수련하고 돌아가면 위성에서 행성으로 승급하겠다는
{소~박한} 꿈을 가지고 있다. ^^
(남들은 선계 몇 등급~ 어쩌구 하는데… -.-;)
자신은 평범~하기 그지없다고 주장하지만
볼수록 참 특이하기만 하다.
…

수천년간 잠만 자다
　　　　나오니 그렇지!

제가 아직 어려서요…

이번엔 우주 나이로 보면
아직 유아기에 있다는 분…
잘 못하는 일이 있어도 이분만큼은 당당히 말한다.
"제가 아직 어려서요… ^^"

만화주인공 같은 이상적인~ 몸매
(마르고 긴 팔과 다리 ^^)에
누구와도 명랑하게 대화하는 단정한 모습…

그런데 알고 보니, 어릴 때부터 많은 어려움을 겪으며 일찍
자립하여 생활했단다.
그런 숨겨진 아픔이 있을 줄이야…

하늘은 큰그릇을
만들기 위해
초기에 시련을 통해
단련을 시키나 보다.

과연 이분의 전생은?

전생에 선계의 유아기를 보내고 있던 중
조숙한 영혼이 지상으로 내려가 수련하길 희망하므로
금생에 지구와 인연이 되었다.
등급이 확정되기 전이었으나 당시의 영혼으로 잘
성장하면
선계 3등급 정도를 바라볼 수 있는 수준이었다.
수련인연은 자신이 온 곳이 있으므로 현재에도 90%
이상이다.

허나 자신을 찾는다는 것은 쉬운 일이 아니다.
현재 가지고 있는 기운으로 보아 아직은 배우자가
가까이 없다.
허나 아주 없는 것은 아니니 아직은 수련만 할 것.
때가 되면 나타난다.
기다림이 없으면 더 빨리 나타날 수 있다.
매사에 있어 무심만이
무엇에서건 가장 빠른 결실을 가져올 수 있다.

**영의
나이는?**

유아기의 영이면 나이가 얼마나
되었을라나? ^^

시간이 무한한 우주이니,
영들의 나이도 엄청날 텐데…
수십만 년 된 영도 수두룩~

주위에서 보면 정말 나이에 상관없이
{어린 영인 것 같다}
싶은 사람이 있다.

영이 아기같이 맑아 보이는 사람…
행동이 어리고 서툰 사람…
마음이 맑고 순진한 사람…

하지만, 꼭 그런 것은 아니라고 한다.
영의 수준이 지극히 미미하여
순진하기만 한 경우도 있고,
아주 오래된 영이나 맑게 닦여
순수하기 그지없는 경우도
있고…

주위에도 보면 나이가 먹을수록
깊이와 품격이 느껴지는 사람이 있는가 하면
본받을 것 없이 나이만 먹는 사람도 있는 것 같다. (찔림 -.-;)
영도 마찬가지일텐데…
윤회를 거듭하면서 점점 진화해야지
갈수록 땟국물이나 묻혀서는 안 되겠지~

자꾸자꾸, 점점, 어쨌거나 시간이 갈수록
맑고 투명한 우주의 일부로 되어가고 싶다…

특별한 전생이 없었다

이번엔 항상 명랑쾌활한 우리 황대리님을 소개할까 한다.
　늘 사무실 분위기를
　　　화기애매하게 조장하는…

^=^v

새로운 곳에 대한 호기심에 전세계 방방곡곡 안 다녀 본
데가 없다는데…
특히 오지여행 전문~
히말라야, 아프가니스탄, 이집트…
위험한 데만 골라 다니면서 위험한 고비도 많이 넘겼다고…

통칭 황대리(남, 31세)

직종 영업직(인터넷에서라면 뭐든지 팔 수 있다!)

특징 1. 길눈이 치명적으로 어둡다. (차 몰고 나가면 여지없이 길을 잃는다)
2. 핸드폰이 늘 먹통이다. (안 가져갔거나 소리를 못 듣는다)
3. 놀려도 잘 모른다. (눈치를 못 채고 같이 웃으며 즐거워 한다)

전생의 업 없다.

금생의 업 티벳 여행시 100만원을 현지인 부부에게 꿨는데 사정상 아직 못 갚았음. (100만원이면 거기선 집 한 채?)

무서운 말 쏴~ (맘이 약해서 [쏴]라면 [쏴]고야만다)

별명 갈갈이 ^=^ (신체적 특성과 관련)

싫어하는 음식 무우, 당근…(별명과 관련 있음)

젊은 시절^^ 벼라별 일을 다 겪고
지금은 통인동에서 비교적 모범적인
회사원 생활을 하고 있다. ^^

사실,
이분을 처음 봤을 때 쫌 의아~했다.
　나사가 풀려도 한~참은
　풀린 것 같고…
　　　　음…

과연~ 이분의 전생은?

특별한 전생이 없었다.
금생에 진화하여 태어났으며,
이러한 인연은 업이 적어 수련으로 탈피하기가 쉽다.
모든 것이 마음대로 될 수 있음이 장점이나
전력이 없음이 단점이기도 하다.
어떠한 일을 해 본 경험이 있으면
그 경험을 기반으로 새로운 일을 할 수 있을 것이나

그렇지 않으니 어디로 갈 것인지 몰라 헤매는 경우가
있을 수 있다.
모든 것을 백지 위에 새로 그린다고 생각하고 행하면
좋을 결과를 얻을 수 있다.
백지와 같은 마음이니 잘만 한다면 금생에 끝낼 수 있을
것이다.

운전도 초보, 인생도 초보

이분의 전생은?
　　　　　바로…
백지였던 것이었다~
(종이였다는 게 아님)
　　그래서 그렇게…… ^^;

근데 백지 같은 상태, 전생이 없는
상태란 어떤 것일까?
공기였나?
　　　　물방울이었나?

자연발생적으로 생겼다구?(미생물도 아닌 것이…)

음…

아직 나로선 알 수 없는 우주의 신비…

아무튼 처음 태어나서 그렇구나~ 하고 다시 생각하게

되는 점이 한둘이 아니다.

특히 운전할 때,

간 데 또 가고 간 데 또 가고 계속 빙빙 돌 때…

가는귀가 먹은 것도 아닌데 종종 엉뚱한 답변 할 때… 등등

그래도 전생에 빚진 게 없으니 참~ 좋겠다.

금생의 빚만 갚으면 되잖아?

늘 빚 100만원 갚아야 한다고 노래를 부르는데… ^^

(빚이 100만원밖에 없다니… 부럽다~ : 어느 신용불량자의 말)

천상의 옷을
담당하는 선녀

선녀를 보셨나요? ^^

선녀…

선녀와 나무꾼에서 나오는…

(요즘은 '선녀와 사기꾼' 이라는 드라마도 있던데… ^^ 어쩌다
선녀가 사기꾼이랑 세트가 됐지~)

쥬디도 놀랐다.
전생이 선녀이신 분들이 있었다.

와~

선녀래~

정말?

아직 고등학생인 이분이

마음을 치료해 주는 멋진

의사가 될 날이 기대된다….

전생은 선계 옥황전의 수의선녀로 있었다.

선녀가 되면 지급받는 천상의 옷을 챙기는 선녀이며,

선계 옥황전은 생명을 부여받았던 기간의 선악을

판별하여

재입 시 등급을 판정하는 기능을 담당하는 곳이다.

금생에는 수련을 위해 내려왔으며,

정신적인 지도자가 되는 것이 첫째요. 둘째는 의사가

되는 것이다.

인간을 상대로 하는 직업 중 가장 인간에게 가까이 있는

것이 의사이며,

이왕이면 의사 중에서 인간의 본질에 더욱 가까이 갈 수

있는 정신과 의사를 지망하는 것이 좋을 것이다.

먼 곳에의
그리움

선녀도 지상에 나오면 직업을

가져야겠지만…

음악이나 미술 등 예술가 쪽이 어울릴 것

같은데…^^

의사…라는 첨단 학문을…

(하긴 동의보감 쓰신 허준 선생님도 선인이셨다지~)

너무나 먼 곳에서 온 분들이라…
그만큼 그리움도 클 것 같다.

{나는 먼 곳에의 그리움을 갖고 사는 사람이다.
내 정신이 깨이기 시작한 사춘기 시절부터 늘
마음 깊은 곳에 자리잡고 있던 느낌,
그것은 먼 곳에의 그리움이었다.
영원에의 그리움, 본향을 향하는 그리움, 밤하늘 별들에
대한 동경….
왠지 꼭 가 보아야 할 것 같은 곳에 대한 사무치는
안타까움이 있었다.}

혹시 당신도 이렇지는
않으신지?
그럼 혹시… ^^;

위의 글을 쓰신 분의 전생도, 그렇게나…

먼… 곳… 이었다.

하늘에서 시원궁(하늘에서 가장 오래된 궁)

마루단(하늘에서 제사를 지내는 단)에 근무하던 1등급

선녀였다.

사람이 선하고 참하여 타의 모범이 되었으나

모험심이 강하여

지상을 내려다보다가 낙계(지상으로 내려옴)하여

수련에 들게 되었다.

금생에 수련을 잘 하면 승급이 가능할 것이다.

속계 수련이므로 차후로는 일거일동에 조심하여야 한다.

**우 리 곁 에 와 있 는
토 종 우 주 인 들**

얼마나 모험심이 강했으면~

ㅎㅎㅎ

{먼 곳에의 그리움} 그 하나의

　DNA가 이분을 수련으로

　들게 했나 보다.

나무꾼과 결혼한 선녀가
　　기어이 하늘로 날아갔듯이～

…

잠들어있는 당신의 DNA속에도 어쩌면…
앗! @.@
그러고보니 앞에서 소개한 많은 분들이
지구인이 아니다!
전생이～

　　지구는 도대체 얼마나한 혼혈별인거야? -.-;
　　　　(이런저런 별에서 죄다들 와서리～)

사룬성의 전설

전생은 사룬성 성주(星主)의 딸이다.

사룬성은 지구와 상당히 밀접한 연관을 지닌 별이다.

약 1500억 광년 떨어진 곳에 있다.

지구보다 6만년 이상 발전된 물질문명을 가지고 있다.

먼 옛날 우주 초기 이 별과 지구는 형제별이었으나

떨어져 나간 방향이 달라 현재와 같은 차이가 나게

되었다.

그는 이 별에서 천하 제일의 미모를 지닌 공주였다.

용모보다 더욱 예쁜 것은 마음이었으며,

이 마음이 주변으로 전해져서 인근의 별들까지

평온하였다.

선계 1등급으로서 금생에 승급을 위하여 지구를

방문하였다.

지구에서는 전생이 없다.

인간의 파장을 낮추도록 함이 금생에 하여야 할 일이다.

수련으로 자신을 찾고 자신의 파장을 확산시켜

모든 이들에게 우주의 파장을 보급할 수 있도록 하라.

때는 우주력 52238
우주에서도 아름답기로 유명한 제3 사룬성은
지구보다 6만 년 이상 앞선 고도의 정신문명을
꽃피우고 있었다.

모든 동력은 인간의 의념에서 비롯되어 일체의 공해가
없는 쾌적한 환경이었으며,
1600만 명의 수련생이 뿜어내는 맑은 기운으로
별은 평화롭기 그지없었다.
특히 사룬성주의 딸인 공주는 나이는 어리지만,
천하 제일이라 불리는 미모와 그보다 아름다운 마음으로
인근 은하와 먼 우주에까지 이름나 있었다.

그러나 오늘 아침, 사룬 왕궁은 발칵 뒤집혀 있었다.
공주가 지구에 가서 수련을 하겠다고 했기 때문이다.

왕   (놀라서) 공주야! 네가
지구가 어떤 별인 줄 알기나
하느냐?

공주   (치렁치렁한 보랏빛
머리를 쓰다듬으며) 음… 우주사
시간에 배운 대로 아닌가요?

왕   (짙은 눈썹을 찌푸리며…) 무엇을 배웠기에?

공주   이곳 사룬의 형제별이지만 떨어진 지가 오래되어
전혀~ 다른 파장을 가진 곳이라고요…
지구처럼 복잡하고 {갈등과 번민(아! 사룬에는 없는 얼마나
흥분되는 단어인가~)}을 거듭하는 흥미진진한 별은 또
없대요.

왕   (생각에 잠기며) 그래, 나도 소싯적에 다녀오긴
했다만… -.-;
너도 알다시피 이 애비도 유혹에 넘어가 하마터면
돌아오지 못하고 영영 지구에서 살 뻔하지 않았니?

왕비   정말 그때만 생각하면… 그런데 너마저…
(왕비의 머릿속에는 온갖 불행한 시나리오가 지나가고 있었다.

지구에 갔을 때 보았던 영적 수준이 낮은 중생들…

물론 그중에 좋은 파장을 내는 인간들도 있었다.

선인이었다가 수련에 든 사람인 듯 싶었다.

그러나 순도높은 사룬성에 비하면

마치 고급 백화점에서 시장 바닥으로 나가는 것 같은 차이가

있었다.)

공 주   하지만 지구에 다녀오면 승급을 할 수 있잖아요.

여기 있으면 몇만 년이고 1등급으로 지내야 하는데…

왕   음… 정 그렇게 나온다면…

아무리 부모라 해도 진화를 향해 생명을 받는 것을 금하는

것은 조물주님의 의사에도 어긋나는 것…

왕비   휴… 기어이… 그놈의 모험심 때문에~

왕   (시간을 보며) 그럼 서둘러야겠다. 지금 지구의

스케줄이 그나마 수십억 년만에 영성이 개발되는

시기라던데…

왕비   (눈물을 보이며…) 영성이 낮은 원시시대에

태어나면 더 고생이지~ -.-;

왕   지구라는 곳이 워낙 다양하고 강력한 파장이

발생하는 곳이니, 네 소식은 계속 듣고 있을 거다.

왕 　　　지구인들에게도 뭔가 선물을 하나 해야 되지 않겠니? 공주야~ 너의 예쁜 마음에서 우러나오는 맑고 고운 파장으로 좋은 일을 하여라. 우주는 파장으로 움직이는 곳이니…

공주 　　고마워요, 엄마, 아빠. 잘 다녀올게요~

어느 날 보랏빛의 아름다운 별 하나가
지구에 도착하다…

이렇게 태어났을까? ^^;
그래서일까…
　　　　이분은 지금 맑고 고운 파장이 나오는
동화를 쓰는 일을 하고 있다.
기. 대. 된. 다…
사룬성의 기억이 되살아날 때쯤
풀어내실
아름답고 신기한
우주의 이야기들이…~

또 한 가지…
우주는 그렇게 어둡고 막막한 별들의 공간이
아니었어…
이런저런 이름의 별에 살고 있을
이런저런 우주인들…
참 아름다울 우주 나라~

그곳에 꼭 가 보고 싶다.
그치?

우주가 워낙 넓으니
　　미의 기준도 은하마다
　다르지 않을까?

문득 드는 생각이다.
사룬성 공주가 전생에 천하 제일 미모를 자랑했다는데 혹시
사룬성 기준으로…?
(넓은 이마, 큰 머리, 가느다란 팔과 다리,
긴 귀…?)
^^;

그러나 그녀는
지구의 기준으로도 매우 아름다웠을 것으로 예상된다.

왜냐하면 선인(仙人)이었기
　　　　　때문에…

선인은… 선인은…
완성된 존재이다.
우리의 상상 속에서 존재해 온 완전한 인간.
수련으로만 도달할 수 있는
절대경지!

선인도 우주와의 합일 정도에 따라 1등급에서 10등급까지
차등이 있다.
1등급 선인은 이제 막 선계의 일원이 된 신참 선인~
사룬의 공주처럼 재수련에 드는 경우가 많다.
그래서, 특히 수련생 중에 선인이었던 분도 꽤~ 많고…
(그분들은 목적이 수련하려고 온 거니까 그렇게 프로그램 되어
있다.)
물론 겉으론 티가 안 나지~
모두 같은 수련생일 뿐…

하여간에, 선인들의 외모는 절대적으로 균형이 잡혀
있으며,
모두가 건장하고 수려한 용모를 가진다고 한다.

근데 기쁜 소식 하나!
지구 인간의 용모는 선인의 용모와
　　　가장 유사한 편에 속한다고 하는군~

그러고 보니,
다들 참~ 예뻐 보인다.
그리고, 점점 예뻐진다…
정말로~
겉으로 보기에도 조금씩 {선인화…}하고 있다. ^^

　　수련하면 예뻐진다?

고난도 수련별 지구~

하지만,

선인 출신이라고 반드시 좋은 환경에서 태어나는 건 아니라
한다.

태어나는 목적이 {한평생 즐겨라~}가 아니라(그럴 거면
그냥 선계에 있지~)

　　　{공부를 해라~}이기 때문에

그 사람이 가장 공부를 잘 할 수 있는 여건을 일부러 만들어
온다는 것.

이런 저런 고생을 미리 장치해 놓고…(지뢰밭!)

(하긴, 한평생 아무 걱정 없이 행복하게 살다가 가면 무슨
공부가 되겠어?)
^^;

이유도 모른 채 일단 겪게 된다.

기억을 모두
삭제하고 태어나니까.

으스스~

하지만 DNA 깊숙이 아련한 기억이 남아 있어…
{먼 곳에의 그리움?}
늘 현실에 안주하지
못하고 길을 찾아
헤맨다.
그것이 무엇인지도
모른 채…

난 왜 이럴까?
　　　　왜 남들과 다를까?

수련하는 사람들은 모두 그런 사람들이다.
　　　　그러다가 한 가닥 실마리~
　자신의 전생을 알게 된 거고…

그러니,
전생만 알아도 얼마나 든든한지~ ^^

전 생 ,
정 말 있 나 ?　　　　{글쎄, 그걸 어떻게
　　　　　　　　　　증명할 수 있냐구요?}

　　　　　…
　　　　누군가가 그렇게 따져 물었다.

사실 증명할 수 없다.
　　　조금이라도 흔적이 남아 있으면 좋을 텐데…

전생에 인도 사람이라고 해서 어느 날 갑자기 인도 말을
술술 하는 것도 아니고 ^^; (나마스테~)
게다가 중요한 건, 여기에 소개한 것이 다가 아니라는 거.
엄청나게 긴 내용(그 영이 태어나서 지금까지 겪어 온 수억만
년의 세월…) 중
금생의, 그것도 현재의 자신에게 가장 필요한 부분만을
발췌한 것이다.
그래서, 달랑 {너는 전생에 뭐였다~}만
　　　　　　　　　　　　　　　　있는 게 아니라

금생에 해야 하는 공부, 현재 처한 상황 등에 대한 내용도
있다.(지면관계상 여기서 공개 못한 내용도 많음)

{중요한 건 바로 그런 거다.}

전생에 공주였으면 어떻고, 거지였으면 어떤가? 심지어
미물(?)이었으면 어떤가?
다 지나간 일인걸…
{현재의 나}는 그 모든 것을 가치 있는 것으로 만들 수
있는 힘있는 존재이다.

내가 없으면 우주도 없다.
내가 없으면 전생도 없다.
내가 없으면 아무 것도
의미가 없다.

내가 1000명의 전생을
알고 있다 해도 그것들을
관통해 흐르는 우주의 뜻을
알 수 없다면 무슨 의미가 있을가?
(어린아이가 뜻도 모르면서 어른 책을 읽는 것같이… -.-;)

{진화}
그것이 전생을 있게 한 원인이 되는 기본
프로그램이다.

전생, 그 사실에 집착하지 말자.
지금조차 다음 생에는 전생이 되는 것을…

이 정도라도 영성을 부여받아
{진화를 향한 우주의 도도한 흐름}에
　　　　속해 있음에 감사하자~

내가 만들어가는 나의 영력(靈曆)!
멋지지 않은가?
그러니까~
　　　　남의 전생에 대한 증명을 요구하기보다~~
이것이 계기가 되어
'자신의 존재'에 대한 깊은 성찰 한번을 할 수 있다면
이 글을 읽는 보람 한 조각을 건질 수 있으리라…

그리고, 결론 :
　　　어제가 있고
　　　　　오늘이 있듯
　　　전생은 당연히 있다~
　　　　　(쥬디생각)

내 고향별은 어딜까?

미래엔 {하늘색}이라는 색의 정의가 달라질지도 몰라.
진짜 하늘~색을 구경한 게 언제인지…
맑은 밤하늘도 구경하기 어려워졌다.
언젠가 바닷가에서 본 은빛 폭포 같은 은하수…

하지만 눈을 감으면 다 있다.

.

.

.

내 마음속에 있는 맑고 파랗고 즐거운 곳…
　　나의 고향별의 풍경이 아닐까?
본성(本性)을 지닌 인간이라면 누구나 지니고 있는
　　본향으로의 향수~

'전생'은 아주 조금, 그런 마음을 건드려 준다.
　　전생이란 {자신이 걸어온 길}이고,
　　그 끝은 근원에 닿아 있으므로…

그동안 너무나 무심하게
내버려 두었던 자기 자신에게
　　가만히 귀를 기울여 보자.
　고향별에서의 메시지가
　　　　들릴지도 모른다

　　슥삭슥삭~(안테나 닦는 소리)
그러면 들린다.
정말로!

삐~~~
뚜뚜뚜~~~

금방 갔다 온다더니…
뭐하고 있니?
아직도 지구니? ^^

치구가 그렇게 좋니?

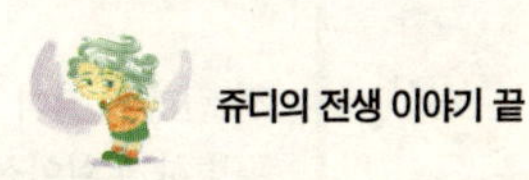
쥬디의 전생 이야기 끝

<u>에필로그</u> 등장 인물들의 한마디

쥬디에게 이 책을 쓰도록 영감을 준 다양한 전생을 지닌
사무실 동료들을 소개합니다.
멀리 있는 유명한 누군가가 아니라 매일 보는 사람들의 전생을
알게 된다는 게 얼마나 재밌었는지요.
이해가 잘 안 되는 사람도 전생에 비추어 보면 이해가 간답니다.

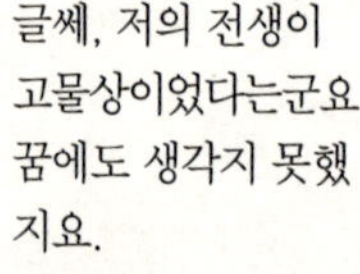

난 신라 말 고승~
현생에도 고승스럽
다고들 해요.(보면
아실 겁니다. 나무아
미타불~\^\^)
재밌는 건 아들이 둘 있는데, 둘다
신라 출신이더군요.

글쎄, 저의 전생이
고물상이었다는군요.
꿈에도 생각지 못했
지요.
금생에도 아직 정착하지 못하고 돌아다
니고 있어요.

전 전생에 착하고
평범하게 살아선지
금생에도 큰 욕심없
이 살고 있어요.
지금은 경리업무를 하며 가끔 주위 분
들에게 맛있는 요리를 해드리는 게
작은 기쁨입니다.

전 쥬디 님과 함께
일하는 카피라이터
인데요,
전생엔 밥벌이를
못 하는 화가였대요.
밥을 그렇게 많이 얻어먹었다니, 나중
에 다 갚아야죠.
휴~~~~~

수만 년을
기다렸다!
금생에는 기필코 선
계에 입적하리라~
학창시절에 양궁으로 단련해서 한체력
한답니다.
아자아자!

난 백지상태!
금생에 지구에 처음
태어났어요.
그래서 매일매일이
흥미롭고 가보고 싶은 곳도 많아요.
실수도 그만큼 많이 한답니다.

전요~ 수만 년을
잠만 자다 나오니
솔직히 뭐가 뭔지
하나도 모르겠어요.
다 낯설고 어색해요. 울고 싶을 때마다
집에 가면 편안하답니다.

난 고려와 조선에
한 번씩 태어났다는
군요.
농사도 짓고 글도
읽고 평범한 삶을 살았던가 봐요.
현재는 마케팅쪽 일을 하고 있어요.

이 책의 그림을 그린 이입니다.
고려말에 자그마한 공방을 운영했지요.
규모는 크지 않았어도 파장이 나오는 제품으로 나름대로 평판을
얻었구요.
금생에도 만화를 통해 예술의 길을 걷고 있지요.

쥬디의 전생 이야기

지은이 | 장미리
그린이 | 홍동표
초판1쇄 | 2003년 9월 22일

펴낸이 | 이봉(二峰)
펴낸곳 | 수선재
출판등록 | 1999년 3월 22일 (제 1-2469호)
주소 | 서울 중구 을지로2가 199-40 2층
전화 | 02)778-5880 | 팩스 02)778-5860
홈페이지 | http://www.soosunjae.com
이메일 | books@soosunjae.org

편집팀 | 이양(二讓) · 나은희 · 홍동표
영업팀 | 노경철
디자인 | 김진 디자인

ISBN 89-89150-18-3 03810